ALFAGUARA^{MR}

JUVENIL

ALFAGUARA^{MR}
JUVENIL

MI VIDA CON LAS ESTRELLAS

D.R. © del texto: Carlos Chimal, 2014
D.R. © de las ilustraciones: Miguel Ortiz, 2014

D.R. © de esta edición:
Editorial Santillana, S.A. de C.V., 2015
Av. Río Mixcoac 274, Col. Acacias
03240, México, D.F.

Alfaguara Juvenil es un sello editorial licenciado a favor de
Editorial Santillana, S.A. de C.V.
Éstas son sus sedes:

Argentina, Bolivia, Chile, Colombia, Costa Rica, Ecuador, El Salvador,
España, Estados Unidos, Guatemala, México, Panamá, Paraguay, Perú,
Puerto Rico, República Dominicana, Uruguay y Venezuela.

Primera edición: febrero de 2015

ISBN: 978-607-01-2506-5

Carlos Chimal agradece el estímulo del Sistema Nacional de Creadores de Arte
(SNCA) para escribir esta novela.

Impreso en México

SANTILLANA

Mi vida con las estrellas

Carlos Chimal
Ilustraciones de Sr. No Quiero

I

El Sol fue la primera estrella que pude haber conocido, pero mi padre se interpuso para hacer cara de mono. Hablaba como disco rayado. Repetía y repetía los mismos gestos, para ver si lograba sacarme una sonrisa. Mi mamá pudo convencerlo de que se hiciera a un lado y dejara que la luz entrara en mi recámara. Después de todo, empezaba a ocupar mi lugar en el espacio y el tiempo.

Conforme fui creciendo, mis padres me advirtieron del poder de los rayos solares: eran tan poderosos que nadie podía enfrentarlos, según mi padre. Mi madre le objetaba que tal vez un buen bloqueador solar lo haría, y me soltaba todo un sermón de las consecuencias de exponer mi indefenso cuerpo a su calor por un largo rato. En otras palabras, podría terminar achicharrándome. En lo que ambos estaban de acuerdo era en que no podía mirar el Sol con los ojos pelones, excepto si se encontraba en el horizonte, a punto de meterse.

La segunda estrella a la que pude haber conocido, pero el cielo lo reclamó antes, fue Octavio Paz. Mi madre me narra que llamaba a casa con cierta frecuencia para hablar "con el as*tgrof*ísico Juan Diego".

Solía preguntarle a mi madre de qué hablaban ellos, y con una sonrisa me contaba siempre la misma conversación:

—Somos humanos y duramos poco —le decía Paz a tu padre.

—Sí, la noche es enorme, apenas está salpicada de puntos luminosos —agregaba él.

—Pero, cuando miras hacia arriba, ¿descubres que las estrellas escriben?

—¡Sí!, usted sí me entiende... —se emocionaba tu padre.

—Y lo que ves, ¿lo entiendes? —continuaba Paz.

—Apenas. Aunque puedo decir que, después de siglos, estamos empezando a descifrar esa fascinante escritura.

—Yo me doy cuenta de que sé escribir —continuaba Paz—, y en este instante una estrella me deletrea.

—Nada más verdadero —respondía tu padre.

Al igual que todos los hijos de astrónomos, mi padre siempre me trató de convencer —como lo hizo con el niño interior de Paz— de que a cada uno de los organismos que ha nacido y nacerá en la Tierra le corresponde una estrella. (Yo le creí al pie de la letra y señalaba la estrella más brillante como mía, aunque cada noche fuera una distinta.)

A mi madre también le fascinaba leer el firmamento, si bien de manera muy distinta. El cielo y los sueños eran su materia. De hecho, mi padre conoció a Octavio Paz gracias a las buenas artes de mi madre. El poeta le pidió que trazara su carta astral y Paz quedó fascinado por la enigmática y deliciosa manera en que mi mamá vinculaba la literatura a la astrología. También hablaron de las cosas que nos permiten descifrar los sueños, de las distorsiones en el tiempo y el espacio, ante lo cual mi papá opinó que se trataba de una dimensión.

Así que soy hijo de una astróloga amante de la literatura y de un astrónomo amante de las matemáticas y, según mi madre, también de las mujeres. Motivo que los llevaba a discutir con frecuencia. Mi madre le reprochaba una y otra vez que en balde llevara el nombre de un santo, si era un diablo. Mi padre le alegaba que tampoco era un monstruo, pero mi mamá daba por terminada la discusión dando un portazo, mientras él decía en voz alta y confianzudamente que sólo era víctima de sus encantos.

Cómo es que ambos podían vivir juntos, no sé, tal vez porque realmente creían que los números y las letras pueden tener un destino compartido.

Mi corta existencia siempre ha estado marcada por pequeños hechos o eventos difíciles de olvidar. Un día ocurrieron dos acontecimientos singulares en mi vida con las estrellas: un eclipse total de Sol, que se observaría en muchas partes del planeta; y una operación de apéndice que no sólo marcaría mi cuerpo sino que abriría la brecha más grande entre mi infancia y mi padre.

La discusión empezó al decidir si yo debería o no ser operado ese día (el día del eclipse solar, "el evento del siglo"). Mi madre lo había tomado con filosofía astral y, sin que lo demostrara, con demasiada preocupación, pues mi dolor iba en aumento mientras me decía que me tenían que operar porque me había tragado el sax de Lisa Simpson cuando era más chico. En cambio mi papá lo tomó como una contrariedad para él y el Universo, pues se suponía que juntos seríamos testigos del acontecimiento, y hasta el último instante estuvo en desacuerdo con que yo entrara al quirófano. Salió de la habitación sin decirme palabra, enfadado porque me iba a perder el evento astronómico del siglo.

Lo vi partir y un miedo atroz entró en mí. Sentí la oscuridad del tan nombrado eclipse cayéndome encima y empecé a llorar. Tuve miedo. Los médicos decían que todo saldría bien, pero me sentí aterrorizado, tanto que no supe en qué momento me oriné en la cama. Fue necesario cambiarme de bata.

Momentos antes de entrar en el quirófano, mi madre me dijo con sus ojos dulces:

—Cuando naciste, el Sol estaba en Aries en la Octava Casa, así que eres de los que dan batalla, ¿cuento con ello?

—Sí —le respondí sin soltar su mano; las lágrimas caían de mis ojos. No quería dejarla.

El doc me dijo que respirara hondo en lo que me aplicaban el oxígeno y que contara hasta diez; poco a poco caí en un sueño profundo: me vi en la plancha mientras los médicos trataban desesperadamente de encontrar el sax de Lisa Simpson que me había tragado hacía varios años. Después, todo fue oscuridad.

De pronto, me vi en lo que parecía ser un vehículo, y un espectro se dirigía hacia mí, era una bruja de piel muy blanca y una capa roja que me ofrecía una manzana verde. Cuando intenté apoderarme de ella, la manzana y la bruja —junto con el resto del mundo— se desvanecieron en un fulgor intenso, brillante. Entonces apareció Julio Verne entre la luz, quien se ofrecía a llevarme hasta mi destino en su giróptero para evitar las calles congestionadas por las ambulancias con otros pacientes que también necesitaban ser operados. Era muy extraño.

Una voz conocida me llamó y supe que estaba despertando.

No sé si fueron las palabras y conjuros de mi mamá, o la experiencia del médico, pero salí sin contratiempos. De no ser por la aparición de la bruja con la manzana verde y de Verne en su giróptero, todo habría sido perfectamente normal.

—Mira —me dijo mi mamá mostrándome su libreta—, mientras salías de la operación hice tu carta astral: para empezar, eres igualito a tu papá, un Aries pasado por el agua de Piscis…

Fruncí el ceño. Lo quería mucho, pero desde ese momento supe que no quería ser como él. Ella puso cara de traviesa, quería creer que estaba bromeando.

—Claro que no, no seas burro: tú tienes que recorrer tu camino y forjarte un destino tan singular como el de la estrella que te corresponde. Todo pasó para que tú y yo nos conociéramos.

La abracé. Era muy hermosa, con su piel apiñonada, cabello rojizo, nariz recta y grandes ojos cafés. Su presencia aminoraba la angustia de la noche. No sólo era bonita, también era lista. No podía comprender que mi papá no pudiera mirarla a ella y a nadie más.

Mi padre regresó al otro día, feliz de haber presenciado lo que llamaba "el evento del siglo". No se cansó de describir cada fase del eclipse, su relación con el mundo, las creencias prehispánicas; para cuando terminó yo ya casi dormitaba, fue hasta ese momento que se le ocurrió preguntar cómo estaba. Sólo alcancé a responderle que bien y me dormí.

Desde entonces las noches no fueron iguales. Veía las estrellas pero ya no eran las mismas, unas irresistibles ganas de ir al baño me acompañaban cada vez que las observaba con detenimiento.

El tiempo pasó y mi herida cicatrizó, bueno, no del todo.

Crecí con las interminables discusiones de mis padres en torno a los astrólogos y astrónomos. A mi papá le avergonzaba el esoterismo, acusaba a mi mamá de usurpar su profesión. Para él, los astrónomos eran los verdaderos astrólogos. Pero cuando vio la oportunidad de acercarse a Paz, no dudó en servirse de su esposa.

Mi mamá elevaba los ojos y seguía cocinando sus suculentos platillos mientras trataba de convencerlo con sus historias, para mí, fantásticas, sobre el círculo del espíritu que se mezclaba con el olor del clavo y la pimienta. Incluso escribió un libro sobre esos temas. Según ella, no era fácil reconocer ese círculo, pues estaba integrado por los opuestos complementarios.

Sin embargo, no entendía bien a qué se refería, aunque ella siempre trataba de explicarme con ejemplos sencillos y datos creíbles. Como quiera que fueran, fantásticas o no, me gustaban sus otras historias, las que hablaban de conchas rellenas de frijoles con huevo y estofados de pavo con ciruelas. Era una maga para combinar lo dulce con lo salado, lo picosito con lo fresco y lo cremoso. Sus chiles en nogada eran de antología, como decía el abuelo.

Creo que un día mi padre se fastidió de escuchar esas historias y prefirió contarme la versión "oficial" de los sucesos. Comenzó por aclararme el asunto de los babilonios: ellos habían trazado el primer mapa del cielo, pues sabían que la aparición cíclica y periódica de determinadas estrellas era vital para conseguir buenas cosechas.

—Acuérdate de que en esos días los astrólogos y los astrónomos eran lo mismo. En realidad, no había astrónomos…

Al ver mi cara de asombro, mi padre me siguió explicando:

—Imagina la vida hace cinco siglos antes de Cristo, sin medios de comunicación como los de ahora, sin luz eléctrica, con una sociedad compleja y escasa tecnología. Las estrellas eran prácticamente su único instrumento de supervivencia. El poder que a unos cuantos les dio la lectura de lo que está escrito en el cielo fue inmenso, pues a cada parte del cielo le corresponde una constelación, un signo que interpretaban como un mensaje de los dioses.

—No está mal, un lenguaje para comunicarse con los zombis en la Tierra…

—¿Zombis?

Mi padre se me quedó viendo con cara de muerto viviente. Apenas tuve tiempo de activar la pila del capitán Solo y aplicarle una descarga de unos cuantos voltios para regresarlo a la realidad. Él apenas se inmutó. Siguió hablando como si nada hubiera pasado. Cuando se trataba de astronomía, no había poder en el Universo que pudiera vencerlo.

—Algunas personas creen en las predicciones astrológicas…

—Como mamá…

—Sí, como mamá, pero otras no creen…

—Como tú.

—Debes tener en cuenta que el Sol ya se movió desde la época de los babilonios y las constelaciones han cambiado de lugar. El cielo de los que nacieron en Leo es hoy el cielo de los que nacen en Cáncer.

—Entonces, ¿yo no soy Aries?

—Eres Piscis, desde ese punto de vista —dijo mi madre.

—Algo así. También recuerda que los griegos hicieron el mapa más completo del cielo, sobre el cual se basan las cartas de los astrólogos.

—¿Y a ustedes les sirve?

—A veces.

Mi madre sólo movía la cabeza, como diciendo: "¡Ay, el cerebral de tu padre!". Lo suyo no era una ciencia, sino una creencia, una manera de ser perspicaz, de tener talento para imaginar el futuro.

—Los astrólogos hindúes sí han considerado este cambio de punto de referencia. Es una cuestión de fijar tu punto, ¿entiendes? —me dijo después mi madre, mientras la luz brillaba en sus ojos.

Yo no pude quedarme callado y se lo conté a mi papá. Esperé a ver qué replicaba. Él sonrió y aceptó que, de cierta manera, mi mamá quizá tenía razón.

—El chiste —concluyó— está en establecer tus coordenadas y no olvidarte de que existen.

Me quedé con la impresión de que el cielo estrellado era un mapa sin sentido.

Vivíamos en un departamento de tres recámaras. Mi mamá y Juan (Juan a secas, desde que cayó de mi gracia) estaban de acuerdo en que todos debíamos tener cierta privacidad, pero no estaban dispuestos a invertir sus ahorros en un lugar que no fuera la azotea de un edificio, lo que algunos payasos llaman *penthouse*. Mis papás compartían el gusto por mirar las estrellas y harían cualquier cosa con tal de estar lo más cerca del cielo; aunque no fuera más allá de lo que les permitían sus limitados ingresos como astróloga y astrónomo.

También eran conscientes de los riesgos de vivir en una gran ciudad; por eso eligieron un barrio céntrico, que no fuera pretencioso y al que nunca tuvieran que llegar en un vehículo acorazado y con una larga cola de guardaespaldas. No querían vivir en una "ratonera para nuevos ricos", como decía mi papá.

La avenida Reforma, o cerca de ella, era la mejor opción. Según mi madre, había que ser sencillos y contundentes. Los abuelos se pusieron guapos y les completaron lo que necesitaban para comprar su depa.

Desde lo alto del edificio podía mirar las cabezas de los transeúntes que salían y entraban de las oficinas; me gustaba observar las copas de los árboles y me hipnotizaba el flujo discontinuo de los automóviles que rodaban sobre la ancha calle con el nombre de un río español, en la que se ubica el edificio.

A veces las cosas no eran lo que parecían ser. Muchos árboles tenían flores amarillas creciendo entre sus copas y eso los hacía ver mucho más atractivos. Luego me enteré de que se trataba de una plaga. Lo que miraba no era un adorno sino un signo de muerte.

Una de las desventajas de vivir en la ciudad es la luz. "La luz de las luminarias impide ver las estrellas y los 'grandes eventos astronómicos'", decía mi papá con desconsuelo. Por ello llegué a adorar nuestras excursiones al campo: ahí podía correr, brincar y no tener que mirar a través de los cristales, excepto el de los telescopios de mi papá. Pero antes tuve que aprender dos reglas: el que desea observar el paso de una estrella tiene que conocer la dirección a la que apunta su telescopio, lo cual me llevó varios coscorrones, y la hora en que se debe mirar. Con estas dos simples consideraciones salíamos a observar el firmamento, aunque en realidad no era tan firme, según Juan. No siempre lo logré y el sueño me venció mientras la lluvia de estrellas caía sobre nosotros. Hubo una ocasión en la que los tres nos tiramos en colchonetas sobre el pasto, yo me quedé en medio, como en los mejores tiempos.

—Parece un lugar tranquilo como para venir de vacaciones, ¿no crees, Agus?

Así le gustaba decirme a mi papá, aunque mi nombre completo es José Agustín (pero nadie se acordaba del José, ni mis padres).

Asentí con la cabeza a su pregunta.

—Es un lugar lleno de actividad.

—Galaxias que chocan —dije enseguida.

—¡Estrellas que se contraen, hoyos negros que engullen materia!

Mi madre intervino.

—Basta de caos. Miren: allí está la Osa Mayor, ¿la ves, Agustín? Son siete estrellas, las más brillantes, aunque el lomo y las patas se forman con una docena de estrellas más.

Hice bizcos y no logré encontrar ninguna osa. Fue con ayuda del telescopio que mi papá me construyó que pude verle las nalgas a la osa y, al fondo, su hocico afilado. Con un poco de paciencia, esperando a que mis ojos se acostumbraran a la noche, conseguí mirarle las patas que huían de nosotros. Brinqué de emoción y las ganas de hacer pipí se me olvidaron.

—¿Por qué es una osa?, ¿por qué nos da la espalda? —pregunté.

—Cuenta la leyenda que Zeus, un viejo enamoradizo, quedó prendado de la bella Calisto. De sus amores nació Arcade. Cuando Hera, la esposa de Zeus, se enteró de la infidelidad, decidió transformar a Calisto en osa, y la joven se perdió en el bosque. Años más tarde, la osa se encontró con un cazador. El hombre era Arcade, su hijo. Su instinto materno la traicionó e intentó besarlo, pero Arcade, creyendo que iba a ser atacado, sacó su arma. Zeus, tratando de enderezar sus acostumbrados enredos, generó sonoros relámpagos, un estrépito que logró impedir el terrible acto. Entonces se le ocurrió transformar al pobre de Arcade en oso. Luego sujetó a los dos animales por la cola y los lanzó al cielo. Desde entonces, ahí viven los dos.

Al terminar, mi madre se quedó callada esperando alguna palabra de mi padre, pero éste no lo tomó a bien, se levantó y se fue a dormir. La magia había desaparecido. Nosotros lo seguimos en silencio. De pronto la oscuridad me pareció inmensa y peligrosa, abracé a mi mamá, que caminaba con paso firme y sereno sobre la tierra iluminada por la luna. Su luz duró apenas un instante, pues fue devorada por una densa nube gris.

Chispeó durante la madrugada.

Al día siguiente había mercado en un pueblo cercano y fuimos a la plaza. El vapor de la lluvia exacerbó el calor. Según Juan, la radiación solar sería considerable en las siguientes horas, la humedad, escasa, y el viento traería polvo que provocaría estornudos, por lo que nos apresuramos a alcanzar la sombra de los puestos del mercado. Mi mamá se reía del hipocondriaco de mi papá, aunque agradeció el esfuerzo de los comerciantes para que la sombra fuera lo más amplia posible y eso evitara las intensas corrientes de aire.

La disputa empezó de nuevo: mi mamá quería preparar un menú vegetariano; papá, uno carnívoro. Después de una breve negociación, buscamos los puestos de frutas y legumbres, y evitamos la moronga, el obispo y las criadillas. Terminamos comiendo quesadillas, pero el marchante nos vio la cara de turistas y se pasó de listo con los precios. Mi papá empezó a discutir, la gente se reunió, mi mamá jaloneaba a mi papá para que no se fuera a los golpes, mientras yo sujetaba a mi mamá para no perderme entre la bola. Al final mi padre salió enfurecido, se soltó del brazo de mi madre y nos dejó en medio del gentío. Mi madre lo alcanzó y discutieron en el camino, mi padre le dio la espalda y ella se fue molesta para nuestro campamento. Yo me quedé parado, indeciso, sin poder elegir con quién me iba.

Cuando las cosas empiezan a andar mal, hasta las escobas se dan cuenta. Y es que uno a veces no se da cuenta de las cosas, sospecha, pero es el tiempo el que grita la verdad.

Tiempo después comprendí por qué siempre que mi papá aceptaba que lo acompañara a donde fuera, mi madre me interrogaba cuando estábamos de regreso sobre con quién había hablado, cuánto tiempo, si había visto algo "sospechoso", si habíamos comido con alguna mujer, si esto y lo otro. Siempre era lo mismo.

Según mi madre no vivía a gusto por las andanzas de mi padre y sus frecuentes coqueteos con otras mujeres; esto lo repetía una y otra vez a su amiga por teléfono, mientras yo lidiaba con hacer mi tarea. Se cuestionaba qué era lo que veían las "otras" en él: que si era su piel dorada por el sol, sus ojos color miel, su rostro varonil y su cuerpo redondo, robusto, sin olvidar su voz de "terciopana", grave y pausada, o su sedoso y ondulante cabello café claro…

Aunque debo aceptar que, en materia astronómica, mi papá no exageraba con tal de ganar la sonrisa de las damas y, en un dos por tres, yo tenía niñera nueva cada que salía con él. Fuera por lo que fuera, algunas mujeres caían rendidas a su paso. Eso irritaba a mi mamá. Yo creí que era simple simpatía de mi padre.

A mí lo único que me importaba era que no me dejara olvidado con gente extraña y que, de tanto admirarlo, se lo llevaran y nunca más volviera.

Un día, mi mamá estaba hablando con su hermana, mi tía Sara, y sin que notara mi presencia (o al menos eso creí) me puse a oír lo que decía.

—Estoy harta, en serio. Hice lo que hacemos con las cucarachas —dijo mi madre—: primero, intenté combatirlas, a veces aplastándolas y otras humillándolas. Después busqué hacerme su amiga y terminé por ignorarlas.

Con el tiempo el juego de ping-pong de reclamos, silencios, lloriqueos y salidas furtivas me hizo ser el tercero en discordia.

Mis padres postergaron su separación un año más. No sé qué los contuvo, la costumbre, el cansancio o yo. Lo cierto es que Juan Diego se hallaba en el mejor momento de su carrera y estaba decidido a presentarnos en cada cena como su sagrada familia, mientras mi madre sonreía a medias. De hecho, se había ganado el aprecio de sus colegas y había completado un posdoctorado en algo que, en ese entonces, yo no entendía ni necesitaba hacerlo.

II

Esa mañana, Ruth se me quedó viendo inquisitiva:

—Eh… Por si un día te pierdes, la Osa Mayor es tu punto de referencia, tu faro —dijo, buscando una señal en mí que le indicara si iba por buen camino—. Es la constelación que siempre se ve en nuestro hemisferio. ¿Sabías que en el sur del planeta se ven otras? —silencio—. ¿Te acuerdas de que tu papá te explicó que el mundo es como una naranja?

—Sí —respondí fastidiado—, cuando la partes por la mitad tienes dos hemisferios.

—Por esa razón la Estrella Polar sólo se ve acá, en el hemisferio norte, y aunque parece que nunca se mueve, lo hace muy lentamente —sonrió—. Cuando quieras localizarla mira hacia lo alto de la Osa, a su lado derecho. Ahí está, es muy brillante. Todas las estrellas parecen girar en torno a ella. También es el último punto del mango de la Osa Menor —dejó de preparar el desayuno para ponerse a explicar con las manos—. Encima de ella, donde se prolonga la Estrella Polar, verás una constelación en forma de W, se llama Casiopea (como la tortuga que aparece en *Momo*, ¿la recuerdas?). A la izquierda de la Osa Menor encontrarás la constelación del Dragón, pues algunas estrellas forman una cabeza con figura de rombo y, muchas otras, una inmensa cola.

Insistía en mirarme. Y yo en evadirla. Era extraña la sensación de tenerla toda para mí, sin el estorbo de mi papá, y tratando de imitar el rol de padre sin lograrlo.

Ahora yo tenía que luchar con su intento de suplirlo y la nostalgia de su presencia.

Juan se había marchado quince días antes con la promesa de regresar los fines de semana o pasar los miércoles después del trabajo y llevarme a algún sitio a pasear. El miércoles se había ido en blanco y en el fin no se apareció. Sentí una rabia inmensa de que mi mamá usurpara su lugar, pero más de que me lo recordara a cada momento.

—Vega, en la constelación de Lira, es la segunda de las tres estrellas que forman la tríada veraniega. La tercera estrella es Altair, la más brillante de la constelación del Águila, y…

—No quiero oírte —dije. No quería escucharla, así que me levanté y salí corriendo a mi habitación. Me quedé sentado, dejando pasar el tiempo con un mínimo de esperanza de que él apareciera. Cuando me convencí de que no vendría, salí del departamento sin que mi madre lo supiera. La dejé creyendo que estaba encerrado porque no dejaba de lloriquear.

Corrí al elevador pero tardó en llegar. Y la desesperación me ahogaba. No quería oír a mi madre preguntándome a dónde iba, diciéndome que no tenía edad para andar solo, no quería ver a nadie. Sólo quería salir de ahí y el maldito elevador no llegaba. Por primera vez odié vivir en el piso veinte.

Cuando las puertas se abrieron, entré de un jalón, deseando que cayera hacia el suelo. Apreté el botón de planta baja, sintiendo un gran alivio de que realmente el edificio tuviera diecinueve pisos debido a la superstición del número trece que tantas veces me había contado mi papá.

Y, de repente, como si alguien me hubiera escuchado, la luz que marcaba en qué piso iba parpadeó y una sacudida violenta me hizo perder el equilibrio. Por unos segundos el elevador se paró para continuar su descenso de un jalón. Sentí que llegaría al sótano en unos segundos; el estómago se me fue hasta el cielo y me hizo recordar la montaña rusa. El pánico y el vértigo me obligaron a agarrarme muy fuerte del pasamanos. Estaba cayendo al vacío.

Segundos después, la puerta del elevador se abrió en la planta baja mientras yo, aterrorizado, seguía aferrado al tubo y ovillado en un rincón. Salí corriendo, crucé las calles sin cuidado. Todo, absolutamente todo, me parecía grotesco. Para cuando me di cuenta estaba en Reforma. Deambulé confundido sin rumbo entre los transeúntes que iban y venían sin parar, mientras que los automóviles formaban largas filas para cruzarse entre sí. Había sumado mis pasos en sentido contrario.

Llegué a la estación del Metro Insurgentes. Deseé escabullirme en su oscuridad, como aquella vez que mi mamá y la tía Sara, junto con mi primo Macario, nos habían llevado a Chapultepec. Tenía entonces cinco años y me había parecido fenomenal. Esta vez no tenía dinero, pero tampoco la estatura suficiente para pagar, así que me colé por abajo del torniquete y corrí a alcanzar al convoy que llegaba.

Mucha gente descendió y el vagón que abordé quedó semivacío. Caminé hacia el asiento único de inicio y me senté a contemplar cómo salían las personas de la estación. Por un momento me sentí libre. La gente que había permanecido dentro del vagón lucía indiferente mientras un vendedor ofrecía cacahuates. Detrás de él no había nadie.

Llegamos a la estación Sevilla y el vendedor no pudo cambiar de vagón porque se entretuvo dando cambio. Para cuando se acercó a mi lugar, detrás de él había alguien. Fue la primera vez que vi a Micro.

Atrás del vendedor se encontraba un tipo de aspecto desarreglado, de lentes oscuros, vendiendo juegos de destreza y rompecabezas de meteoritos que cargaba en un morral de manta. Me pareció padrísimo, y por un segundo olvidé dos cosas: que estaba completamente solo y que no llevaba dinero.

— ¡Yo quiero uno! —grité con todas mis fuerzas. Entonces el vendedor de los cacahuates se acercó a darme una bolsita. Confundido, le dije que no. El vendedor se enojó y se fue a la puerta a esperar la siguiente estación. Micro se acercó con una sonrisa amplia, como si hubiera encontrado algo profundo y misterioso. Busqué y rebusqué alguna moneda en mi pantalón, pero no hallé nada. Micro llegó y me dijo:

—¿Cuál quieres? —preguntó, mostrándome varios juegos, todos relacionados con el Universo.

—Lo siento, señor, olvidé el dinero.

—No importa, toma uno, el que quieras.

—No, gracias —respondí desconfiado y me retraje un poco en el asiento. Comencé a sentir miedo.

—Entonces tendré que llevarte una de estas grandes perlas del conocimiento a tu casa —lo dijo de tal manera que me pareció estar escuchando a Juan Diego.

En esa época no me gustaban las sorpresas ni las coincidencias, les tenía reserva, así que, sin decir nada, me alejé del vendedor ambulante a la par que escuchaba la voz de mi madre en mi cabeza: "Abusado y precavido vale por dos".

Corrí hacia las escaleras que me llevaban al otro andén. Tenía que regresar a mi casa. Por primera vez me sentí realmente desprotegido.

El Metro en el que venía se marchó y, sudando, alcancé el andén contrario. De pronto alguien me llamó por mi nombre. Sí, ¡por mi nombre! Alguien lo gritaba desde la mitad del andén de enfrente. Era el mismo vendedor del cual hui. Hacía aspavientos como loco y corrió para colocarse a la misma altura a la que me encontraba. Me quedé paralizado. Sacó de su morral una hoja de papel, escribió algo, lo dobló hasta obtener la figura de un avión y lo lanzó sobre las vías. El improvisado avioncito aterrizó en mis pies. Una vez más me gritó:

—Anda, Agustín, recógelo y ábrelo.

No sé si fue su sonrisa o la curiosidad lo que me llevó a recoger y abrir el avión, pero lo hice. Y al desdoblar la hoja me encontré con: "Mi nombre es Micro y busco un amigo". Levanté los ojos y ahora el vendedor Micro me veía con cara seria, como si esperara alguna respuesta.

El aire que corría por el túnel del andén me avisó que el Metro llegaba, y rápidamente el convoy se estacionó. Entré y corrí a la puerta contraria para ver al sujeto, pero no vi a nadie. Había desaparecido.

El convoy se internó en el túnel y me quedé pegado al vidrio como zombi. Fue hasta la siguiente estación, Sevilla, que revisé la hoja. En la parte de atrás, la que servía para darle color al avión, estaba impresa una foto de unos meteoros. En un recuadro inferior decía:

Lluvia de estrellas de las Úrsidas. Reciben su nombre porque provienen de la Osa Menor, pero en realidad se trata de meteoritos procedentes de la cola del cometa Swift-Tuttle. Su máxima actividad puede observarse alrededor del 23 de diciembre y tiene una media de aparición de cinco meteoros por hora. Siendo este mes idóneo para contemplarlas a las afueras de la ciudad. Cuando la Tierra atraviesa por una región donde abundan los fragmentos planetarios...

Tuve que dejar de leer porque el vagón estaba abriendo sus puertas en Insurgentes. Mientras emprendía el camino a casa con premura, me quedé pensando en el nombre del vendedor: Micro. ¿Habrá sido microbusero?

Con la exaltación y parte del miedo acumulado, corrí hasta llegar al edificio y subí corriendo los veinte, bueno, no, los diecinueve pisos. Para cuando llegué, el aire, el miedo y la sensación de escapar habían desaparecido. Ahora sólo quedaba el cansancio, el sentimiento de seguridad que minutos atrás había perdido.

Cuando cerré la puerta, mi madre se me quedó viendo. Le dije que había salido a tomar aire. Me fui a mi cuarto y guardé la hoja entre unos libros. Hasta ese momento me sentí seguro, a salvo, aunque mi corazón latía acelerado y yo resoplaba en medio de la paz hogareña.

Ese fin de semana tampoco regresó mi padre. Para cuando se apareció era fin... de año, invierno, y ya para mí se trataba de cualquier Juan Diego.

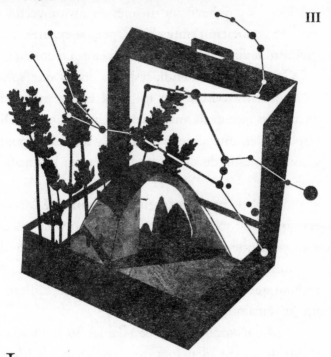

III

Un día las pláticas de astronomía y astrología dejaron de funcionar y el silencio entre mi madre y yo creció hasta que se derramó por todo nuestro piso. Fue hasta ese momento que ella comenzó a frecuentar a su hermana Sara, y yo, a mi primo Macario, y esto dio inicio a otra historia de viajeros sin que me diera cuenta.

Todavía recuerdo la tarde en que llegamos a la casa de la tía Sara. Bastó un abrazo solidario y una sonrisa para que mi madre se convirtiera en una fuente brotante. Mi tía, al verme tan triste, trató de darme consuelo.

—No te preocupes —me dijo—, tus padres aún son jóvenes y quieren ser mejores en sus proyectos de vida. Se conocieron muy chicos, pero se quieren…, es cuestión de darles tiempo y su espacio. ¿Lo entiendes?

Claro que lo entendí, ¡espacio era lo que sobraba en nuestras vidas! ¡En mi vida! En ese momento recordé lo que decía mi abuela: "Uno propone, Dios dispone y entonces viene el diablo y lo descompone". Como no tenía de otra, quise confiar en lo que afirmaba mi tía.

Con el tiempo fui entendiendo por qué Macario era quien era, todo un chico raro, como yo. Pues con esa madre que entre ceja y ceja llevaba grabada la idea del orden, que tenía miedo de caer en el caos, no era extraño que su hijo fuera un tipo ordenado, aplicado e inteligentísimo, casi un genio.

A Maca, como lo empecé a llamar (su nombre y su forma de ser tan silenciosa me recordaban a la Muerte de la película *Macario,* y como me disgustaba, empecé a acortar su nombre), no le importaban los deportes, lo cual es extraño si tienes un padre que le gusta el futbol, y a mí me apasionaba andar en patineta.

En la escuela Maca era visto como un alien. Entre sus compañeros de clase, algunos estaban seguros de que tenía el cabello rojo y pecas porque siempre estaba clavado en los libros y las computadoras.

¿Cómo es que me llevé tan bien con él? Pues se lo debo a que los dos somos dos especies raras de meteoritos, somos unos lodranitos de la misma edad: él era un genio con los números y aparatos electrónicos y, en algunas ocasiones, sus alucinados conocimientos resultaban útiles para impresionar a los demás, quizá a una chica, pero no lo suficientemente buenos como para mantener su atención. Y yo no era un chico nada normal porque sólo podía hablar de astronomía y astrología con tal de atraer la atención, lo cual hacía muy bien. Desde entonces no había quien no quisiera escuchar alguna de mis desquiciadas historias ciberespaciales y predicciones terrenales.

Debo reconocer que imitaba a mi padre sin querer. Todos hemos escuchado alguna vez la frase: "De tal palo, tal astilla". Quizá por eso empecé a salir con dos chicas a la vez: una morena, Poli, y otra güera, Surianita. A la primera le gustaban los helados de chocolate y a la otra los de vainilla, las dos eran mis compañeras de clase. Una era alta y delgada; la otra, redonda y bajita. Juntos visitamos la tienda de los horrores (así llamábamos a la clase de Ciencias Naturales) y nos divertimos en el ratón loco, es decir, en la clase de Mate, la cual nos permitía vomitar y pensar que la de Historia era un poco menos asquerosa.

Que nadie se alarme, apenas teníamos nueve años, bueno, Suriana, once. Pero ésa era la época en la que un beso no es un beso, sólo un roce breve de labios. Y, por supuesto, la época en la que le copias el examen y las tareas a la más estudiosa. Y, además, nunca salíamos solos, siempre era con alguno de sus papás, en plan de amigos.

Un día Surianita me invitó (y, a su vez, yo invité a Maca, pero no lo hice salir de su cuarto) a una fiesta de su hermano: él se unía a ese grupo de mayores con responsabilidades. Algo intuyó su mamá durante la fiesta y Surianita abandonó nuestros paseos. Me quedé sólo como novio de Poli; lo mío era tan oficial como puede serlo en un mocoso de esa edad. Fui a su cumpleaños con un regalo que mi mamá y la tía Sara me ayudaron a preparar.

Además de sus enormes ojos verdes, que había adorado desde el primer momento en que la vi, me encantó descubrir sus dos nombres: Poli Alejandra. Una disputa entre sus padres derivó en dos nombres muy diferentes. Yo me divertía pensado que tenía una novia llamada Poli. Policarpia para la familia, sonaba más chistoso.

Le entregué su regalo: una caja de cartón pintada de azul que podía abrirse y cerrarse como una concha de mar. También le regalé un aromatizador de lavanda, pues sabía que le gustaba el aroma de esa planta.

Primero abrió la caja azul. Se quedó sin hablar durante un rato, con un gesto de asombro que me dejó en suspenso. No sabía si le había gustado lo que había adentro.

—¡Es maravilloso! —exclamó—, ¿lo hiciste tú?

—Un poco, a mí se me ocurrió la idea. Sí, yo lo terminé haciendo... —una pequeña mentirilla no le cae mal a nadie.

Antes de que acabara de explicarle, me echó sus brazos regordetes y me dio un sonoro beso en la boca. Su madre y sus tías se quedaron viendo, estupefactas.

—¡Ah, qué niños los de ahora! —dijo una de las más jóvenes, mientras la más anciana sonreía regocijada.

Al legar a su habitación, abrimos la caja, dentro podían verse cuatro pequeñas figuras: dos adultos y dos niños trepados en una montaña mientras observaban el cielo, cuyas estrellas colgaban de finos alambres puestos en distintos niveles para dar la sensación de profundidad.

Durante un instante sentí que podíamos jugar a meternos en la caja mágica y dar un paseo por la Vía Láctea. Se lo dije a Poli y ella sonrió.

—Mira, son unos cien mil millones de estrellas.

—No puedo imaginarlas.

—Mi mamá dice que fueron derramadas por uno que no supo mamar la leche de su madre —le dije.

—Para los indios de mi tribu es el camino que siguen los muertos cuando se van al Otro País —me aclaró ella.

—Oye, espera, ¿qué no eres de Veracruz?

Torció la boca, aunque se apiadó de mí y volvió a poner buena cara.

—Qué baboso, ¿no estábamos dentro de la caja?

La niebla de color blanco se disipó por mi falta de imaginación. Sonreí sonrojado. Y bendita sea su madre que llegó a buscarnos. Era momento de cantar "Las mañanitas" y partir el pastel, de chocolate, claro está, como la piel de Poli.

Pero ella no era cualquier Capricornio a la espera de que el príncipe del pop pasara por su casa rumbo al paraíso. Fue a su tocador y sacó un frasco de Moco de Gorila, lo abrió, extrajo un poco de gel con dos dedos y lo aplicó entre mis cabellos, los cuales se tornaron de un castaño brilloso y así se mantuvieron, desafiando a la gravedad. Después de que salimos de su recámara, llegamos a la fiesta, cantamos, Poli sopló y sopló, y las velitas se encendieron tres veces antes de exasperar a los demás (eran unas modernas velitas que nunca se apagaban, regalo de su mamá) hasta que, por fin, cuando parecía que las diez flamitas habían desaparecido, se volvieron a encender. Así que como buena niña, Poli las sacó y las echó en un vaso con agua, partió el pastel y comimos. Luego bailamos y gritamos. Y el moco persistía en mantenerme los pelos de punta.

A las ocho de la noche comenzaron a llegar los padres de los invitados. Mi madre me había dicho que Juan pasaría por mí. Así que cuando sonaba el timbre la mamá de Poli salía muy contenta a abrir la puerta; sonó muchas veces, hasta que el último invitado fui yo. Cuando por fin volvió a sonar el timbre, la mamá de Poli vino con una sonrisa a acompañarme. (No creo que lo haya hecho porque estaba separada de su esposo, sino porque mi papá necesitaba hacer casi nada para ser encantador.) ¡Zas! Era mi madre. Su tartamudeo y su expresión de "lo siento, hijo" me lo dijo todo. Salí sin despedirme de Poli y de su mamá, quien se quedó con las ganas de ver a mi papá. (No tanto como yo, créanme.)

Cuando llegué a casa, me conecté a internet y entré al chat. Poli ya estaba en línea porque esperaba alguna noticia de su padre. Fue cuando nos estábamos despidiendo (ahora sí con un "Hasta mañana") el instante en que llegó el mensaje de su padre, donde le decía que lo sentía y esperaba que hubiera pasado un "fabuloso" cumpleaños. Poli lo disculpó y lo perdonó. La odié por eso y me desconecté. Grave error.

Suriana le escribió a Poli, y se pusieron a cotorrear (ese verbo empleaba mi tía Sara para referirse a los que te hacen perder el tiempo). Y Suriana acribilló mi imagen como si fuera el peor escuincle de toda la historia. Poli dejó que la situación se le resbalara, me confesó al otro día, sobre todo porque habían sido amigas y quería conservar un buen recuerdo de ella. Ahí terminó todo. ¡Poli en verdad me sorprendía! No volvimos a charlar ni a responder los mensajes del enemigo.

Con Poli ya eran tres los lodranitos en la Tierra.

Había pasado el tiempo desde mi percance con el elevador y el encuentro con el tal Micro. Tanto que revisaron tres veces el elevador después de que mi madre se quejara, a petición mía, sin que encontraran las posibles causas de la falla. Su funcionamiento era normal. Por si las dudas, yo prefería usar las escaleras bajo la mirada inquisitiva de mi madre: "¿Agustín, me estás escondiendo algo?".

Una noche de ésas, de lluvia y tronidos, donde caen más rayos que agua, me fui a dormir con la calma y soledad de siempre, después de que se terminaran las mitologías de mi madre. Los rayos y centellas iluminaban la habitación, cerré los ojos y la luz parecía estar dentro de ellos. Pronto concilié el sueño.

De repente estaba otra vez en el elevador. Apretaba el botón PB, se cerraban las puertas y comenzaba a descender. Repentinamente se paraba y, como si estuviera reviviendo el suceso, el elevador comenzaba a descender sin control. Me volví a aferrar con todas mis fuerzas al pasamanos y los segundos se transformaron en horas de vértigo y montaña rusa. De repente, cuando pensaba que era el fin de todo, así como empezó a caer, se detuvo y súbitamente se abrieron las puertas, dejándome ver el Universo. No lo podía creer, el elevador flotaba a la deriva en un mar de estrellas lejanas. Quedé embobado cuando una cara conocida se asomó al lado de la puerta, la de Micro. Su sonrisa era la misma. Con su voz tan clarita me dijo:

—Bienvenido, humano. Te tardaste en llegar. Pero no te quedes ahí. Ven, a menos que quieras girar como demente alrededor del Sol.

—¿Dónde estoy? —me atreví a preguntar.

—En Mercurio, por eso te digo que si quieres girar como demente alrededor del Sol…

Me quedé en silencio, sintiéndome igual de perdido que en el Metro.

—A la Tierra le toma 365 días darle la vuelta al Sol, y a Mercurio ochenta y ocho, sin olvidar que por cada dos giros a nuestra estrella, rota tres veces sobre su eje. Entonces, tú sabes si quieres quedarte —y Micro se apartó de la puerta.

—No, espera… —y salí corriendo. De pronto ya no corría, flotaba, la gravedad no existía y empecé a girar, sin saber dónde era arriba y abajo, la derecha y la izquierda. Vi con angustia cómo me alejaba del elevador o, más bien, él se alejaba de mí para completar las ochenta y ocho vueltas que le faltaban. Sentí miedo al ver que sería engullido por la oscuridad del Universo, tal vez por un hoyo negro. Empecé a gritar mientras giraba cada vez más rápido, y más y más. No quería, pero la oscuridad me tragaba sin que pudiera aferrarme a algo. Entonces el tal Micro apareció de nuevo y me dijo unas palabras, pero yo ya había entrado en pánico y no lo escuché o no quise escucharlo. Sólo gritaba y una palabra salía de mi boca, aquella que me había jurado no nombrar: ¡papá!

Sentí un golpe y supe que estaba en el suelo. Abrí los ojos, envuelto entre las sábanas sudorosas. Todavía alcancé a escuchar la voz de Micro, que me decía:

—No temas. Confía en mí. Siempre estaré contigo.

Llegó el invierno y regresó por fin Juan Diego, como las mariposas Monarca a Michoacán, en busca de abrigo y calor de hogar.

Mi madre me había avisado que Juan vendría para llevarnos a acampar y pasar la Navidad en "familia". Le di un "ajá" por respuesta, pero un día antes de Nochebuena, en efecto, llegó. Entró como sin nada con sus propias llaves, porque mi mamá no había cambiado las chapas, a lo mejor esperando que cualquier día lo pensara mejor y decidiera regresar. Me quedé de una pieza, había ensayado mi cara de niño enojado y furioso ante el espejo, pero en lugar de eso un picor en los ojos me delató y mis lágrimas salieron como si le hubieran abierto a la llave. ¡De veras que soy un chillón!

El abrazo, las mil disculpas, la explicación de los compromisos: nuevos proyectos, las salidas de viaje, cansancio, etcétera y etcétera. Todo me lo tragué por la sorpresa, borrando de mi mente los mil reproches, poses y gritos que, según yo, le había guardado para el momento oportuno, es decir, más inoportuno.

Al terminar el día, íbamos de camino a no sé qué reserva a pasar una Navidad en familia como en los viejos tiempos, había dicho mi papá, así que me volteé, lo vi a los ojos y le dije:

—No, no como en los viejos tiempos, como el año pasado.

La sonrisa de mi padre se desdibujó y me dio la razón. El silencio siguió hasta que llegamos a la reserva.

Acampar es lo máximo. Y más si vas con tu familia, sólo me faltaban mis amigos. Pero creo que en realidad prefería disfrutar de mis padres (ya podía llamarlos otra vez así: padres).

Mi papá nos había anunciado que en Nochebuena observaríamos la constelación de Orión. Como siempre, comencé a preguntar:

—¿Y por qué vamos a ver esa constelación?

—Porque en esta época del año se puede observar bien alrededor de la medianoche y es una de las más notables en el cielo, ya conoces varias de sus estrellas. ¿No las recuerdas?

Puse cara de "me lleva, para qué hablé". Mi madre intervino y me preguntó:

—¿Entonces no conoces el mito de Orión? Pues ahí tienes que Poseidón, el dios del…

—Mar —contesté rápido.

—Efectivamente —sonrió, satisfecha—. Orión era hijo de Poseidón. Era un muchacho apuesto y fuerte, casi como tu padre —los tres reímos, mientras mis padres intercambiaban miradas cómplices— y cuyo único defecto era su lengua. Como le gustaba hablar y hablar, un día colmó la paciencia de una hija de Zeus, Artemisa, quien para que escarmentara hizo que le picara un alacrán y así muriera. Pero como Orión era tan bello —mi madre volteó a ver a mi padre sonriendo— e hijo de otro dios, fue arrojado al gran pozo del cosmos con la intención de iluminar un poco la inmensa oscuridad.

—Definitivamente no me parezco a Orión —dijo mi padre—. Esa historia no deja de ser terrible.

—Cierto, hay muchas versiones sobre ese mito, pero ésta es la que más me gusta.

Entonces regresó el padre que conocía, aquel que dejaba atrás los mitos para concentrarse en la observación, en la materia en sí.

Así pues, mi papá empezó a decirme que la constelación tiene forma de cazador, que está compuesta por once estrellas principales.

—Mira bien, ahí está: la espada, el hombro, el pie...

—¡Sí, miren! —grité eufórico—, ¡ahí están los Tres Reyes!, los que forman el cinturón del Cazador.

Ambos me vieron con orgullo. Entonces seguí diciendo:

—Y abajo, a la derecha, está Rígel. Y en el hombro izquierdo, la supergigante roja, Betelgeuse. Y debajo de la cintura está una gran mancha, M42, la Gran Nebulosa de Orión.

—¡Bravo! —exclamó mi mamá, mientras que mi padre me levantaba en sus brazos, como antes lo hacía.

—¿No que no te acordabas?

Sonreí, en un instante las palabras habían salido de mi cabeza y la sensación de ir a hacer pipí al ver el infinito se había escabullido sin que me diera cuenta. Ambos me abrazaron.

Fue cuando sentí que podría convertirme en una conexión entre ellos. La sensación duró unas cuantas horas. Al otro día, la realidad me llevó a las playas del desencanto.

El año nuevo llegó llevándose también a mi padre y, aunque ahora sí venía de visita los miércoles por la tarde, era poco el tiempo que realmente pasaba a mi lado; siempre tenía trabajo en el interior de la República o compromisos que le evitaban llegar a nuestras citas. Poco a poco me acostumbré de nuevo a su ausencia, aunque seguía llamándole papá o padre.

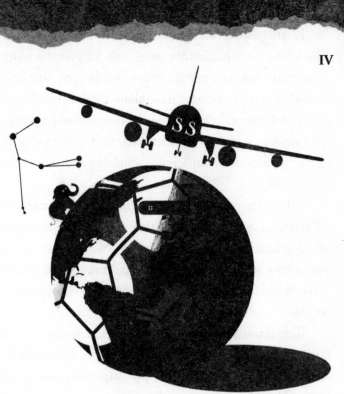

IV

En un puente de esos que los maestros tomaban por vacaciones (les preguntaran o no), tuve la oportunidad de salir ¡yo solito! a Jalapa. Bueno, tan solito no. Me acompañaba la morenaza de Poli y su madre. Más bien yo las acompañaba a ellas. Catalina, así se llama la mamá de Poli, iba de visita a ver a su novio, un catalán que trabajaba para una importadora de vinos de su tierra. Su amor, según Poli, había sido a primera vista. Entonces me volteé hacia Poli pero no pasó nada. Así que no entendí eso de "amor a primera vista".

El encuentro fue agradable. Jordi, el novio de Catalina, era un cincuentón jovial que ya pintaba canas pero con mucha energía, pues desde que llegamos anduvimos para arriba y para abajo deambulando por diferentes lugares. Durante el largo recorrido, el grupo pasó de ser cuatro a tres: Catalina, Poli y Jordi. Yo me había separado lo suficiente como para demostrar mi enfado.

Mi molestia había iniciado cuando Jordi comenzó a hacerse el gracioso y simpático con Poli, lo cual hizo que me sacara lo bestia que tengo. No quería que me quitara su atención. En pocas palabras, estaba celoso. Y no sé qué me molestaba más, sentirlo o saber que lo estaba.

Regresamos a México y, algunas semanas más tarde, Poli recibió con agrado la noticia de su madre: se mudarían a vivir a Jalapa, por supuesto, con Jordi. Según Poli, la cosa entre ellos iba viento en popa, y —como era de esperarse— comenzaba a apreciarlo. Ya lo llamaba "papastro".

—Quién sabe, a lo mejor con el tiempo hasta llego a quererlo como a mi papá —me dijo cuando las visitamos antes de que se fueran.

Desde el momento en que me comunicó su partida por chat, los celos dieron paso a un vacío grande, donde el solo hecho de saber que ya no la vería me hacía sentir triste y realmente abandonado. Los siguientes días nadie soportó mi mal humor. Obtuve dos reportes por contestarle a la maestra, varias llamadas de atención de mi madre… y de mi padre, sólo un: "Tranquilo, no pasa nada".

Pensé: "Claro, Juan Diego, aquí nunca pasa nada".

Como mi actitud era la de patear al mundo, con todo y su gente, mi papá llegó un sábado muy temprano con la novedad de que me había inscrito a Pumitas. ¡Guau, a pumitas! "Qué emocionante", recuerdo haberle dicho mientras torcía la boca.

Ese mismo día comencé a conocer el mundo de las patadas, del lodo y el polvo, de los raspones y las palabras que revelaban nuestros más duros sentimientos. Y, para sorpresa mía, me gustó. Pronto comencé a vanagloriarme de mi notable estatura, heredada de mi papá y mi abuelo Agustín. Lo mejor de todo era que mi papá pasaba por mí en la mañana, me esperaba lo que duraba la práctica y, al final, de regreso a casa de mamá, me compraba helados, hamburguesas, papas fritas y todas las porquerías que se me antojaban.

—¿No te importa, verdad? —le dije al darme cuenta de que el entrenamiento me hacía comer una pizza como un troglodita, eso sí, con un cuartito de leche, y no con refresco, que, según mi papá (y mi mamá estaba de acuerdo), contenía cantidades bestiales de gas carbónico.

—Claro que me importa —replicó él—, pero mientras te mantengas haciendo algún deporte, te laves esos dientes en serio, y tu mamá sea quien te alimente a diario, todo irá bien.

—¿Y qué tiene que ver lavarse los dientes con lo demás?

Me miró con cara de "no te hagas" y siguió manejando. Entonces dijo:

—¿Vamos al cine?

Podía adorarlo. Hasta que un día salió el peine. El entrenador terminó temprano la sesión, así que salí antes de lo esperado y me encontré a Juan Diego (así, con dos nombres) con una colega, la que casualmente también estaba separada de su marido, y a la que también le gustaba que su hijo se diera de trompadas y puntapiés con otros veintiún babosos. A Juan Diego no le quedó más que enfrentar la situación:

—Agustín, hijo, quiero presentarte a... a una amiga.

—Hola, Agustín, mucho gusto, mi nombre es Susana. Tu padre me ha hablado mucho de ti. Ya veo que te agradó el equipo, a mi hijo también, ya debes de conocer a Julio, por eso me atreví a sugerírselo a tu padre...

Me quedé sin palabras. Vaya si conocía a su hijo, pegaba con ganas, jalaba con fuerza y, si no te quitabas a tiempo, te escupía donde cayera. Lo que ahora descubría era por qué lo hacía siempre; él sabía algo que yo no. En ese momento decidí que cuatro era un número odioso, casi una multitud. A pesar de que no era malo para el deporte y me agradaba, renuncié a sus encantos, a los de mi padre y a los de su nueva novia y su engendro.

Después tuve que convencer a mi madre de no ir al dichoso club, pero nunca le dije el motivo. Sabía que si me había dolido a mí, también la lastimaría a ella. Así que mentí tanto como pude.

Pero ahí no terminaron mis desdichas. Días después mi mamá preparó una cena como para chuparse los dedos. Pero no para dos, sino para tres. En un momento pensé en Juan Diego, aunque su actitud sospechosa y su sigilo al hablar por teléfono me hicieron pensar en ¡un alienígena!

Llegó la hora de la cena y me encontré con un tipo que no estaba de mal ver: bien vestido, aroma agradable. Aun así, puse jeta todo el rato y no dije nada, aunque insistieron en hacerme preguntas y emitir chistes tontos. Hasta que mi mamá (desde ahora Ruth) me mandó a la cama por pesado, diciéndome con la mirada que se las iba a pagar.

Al otro día me levanté con la amarga sensación de ver al tipo medio desnudo, leyendo el periódico mientras esperaba a que mi mamá le sirviera el café recién hecho. Pero todo fue una alucinación: cuando entré a la cocina, Ruth estaba sola. Cuando me vio aparecer, vino hacia mí y me hizo un gesto para que me sentara a desayunar. No dijo nada, excepto cuando terminé el omelet de espárragos.

—A ver, Agustín, no te hagas bolas: tu papá y yo estamos separados, aunque no nos hemos divorciado, ¿me explico?

Eso era lógico. No pude mirarla a los ojos, un enfado subió por mis mejillas para concentrarse en mis ojos.

—Es difícil lo que te voy a decir pero es la verdad. Tanto tu papá como yo estamos tomando un camino diferente, retomando viejas amistades y haciendo otras, conociendo a gente interesante y divertida en lugar de estar aquí metidos peleando todos los días. ¿O qué crees tú que deberíamos hacer?

¿Qué podía saber yo? Sólo asentí y evité mirarla de frente. Me levanté y me dirigí a mi habitación. Estaba por llegar a la puerta cuando Ruth me confesó a la distancia:

—Siempre he amado a tu padre y siempre lo haré, pero por encima de ello hay algo más valioso que ninguna mujer debería olvidar, Agustín, y eso se llama dignidad.

"Dignidad", yo no sabía qué significaba, sólo sabía que por eso mi padre se había marchado y mi madre seguía su vida, queriéndolo aún. ¿Y a mí qué me importaba su dignidad si yo lo único que quería era a un padre cerca? Con-mi-go, con-mi-go. No, no sólo lo quería a él, quería a la familia con la que crecí, y la dignidad me la había arrebatado. ¿A quién echarle la culpa?

Ahora me sentía más solo todavía, me sentía como si me hubieran abandonado en una isla sin saber qué rumbo tomar. La noche de estrellas se volvió eterna.

V

Días después de la plática con mi madre dio inicio un nuevo ciclo escolar, quinto, el más temido en la galaxia y sus alrededores. Sólo recuerdo que deseaba brincar ese año, y envidiaba a los que ya iban en secundaria.

Tal vez no sabría qué onda con mi familia, pero sí sabía que nuevas herramientas aritméticas "rompecabezas", nuevas reglas para entender el mundo, nuevas formas de ejercer la crueldad me esperaban antes de liberarme de la primaria.

No sé si la soledad se huele, pero Ruth me inscribió en la misma jaula, es decir, en la misma escuela de mi primo Maca. Ahora conviviría casi todo el tiempo con él.

¡Cómo extrañaba mi escuela!

A los pocos días de inicio de clases se apareció un chavo que quiso pasarse de listo conmigo, después me enteré de que se metía con todos. La verdad mi mundo era pequeño hasta que conocí a Rodri y sus secuaces.

Rodrigo Treviño era asaltante de lonches por excelencia, el acosador de niños de nuevo ingreso y primeros años, y el presumido que sabía de todo porque estaba repitiendo el año después de ser expulsado de muchas escuelas por golpear a varios chamacos, según radio pasillo, más grandes que él. El problema es que se topó conmigo y con Macario, a quien, aunque mustio, le reventaba que lo jodieran.

Un día yo no le quise dar mi refrigerio al tal Rodri y me agarré a manotazo limpio con él. Quedamos a mano y nadie se enteró. Desde esa ocasión no se atrevió a meterse conmigo otra vez. En cambio con Macario fue otra cosa, él dejó que le quitara su comida y que le dieran pamba cada vez que Rodri y sus secuaces lo veían solo. Pero la venganza de Maca fue más pensada y pesada. En ese tiempo existían los virus cibernéticos, para lo cual Maca era un as, ya que devoraba todo lo relacionado con el tema y se estaba volviendo un experto. Me explicó su plan y, la verdad, no le entendí.

Creí que estaba soñando con los ojos abiertos. Le dije: "Ajá".

El escándalo comenzó cuando Rodri y sus amigos entregaron su trabajo de Historia. Rodri tenía fama de presumir que su papi era un alto ejecutivo de una empresa y que le dejaba usar su supercompu para hacer la tarea, que su impresora era superrápida y... y... todo. Por lo general pedía que alguien le hiciera la tarea, a veces se dirigía "cariñosamente" a golpes a Maca para que se la hiciera, después reunía la información y cambiaba algunos datos. Finalmente la enviaba a sus amigochos (él siempre se quedaba con la mejor parte). Pues esta vez no fue la excepción, sólo que no se percató de que Maca le agregó un virus sin que él lo notara, de modo que, al imprimir, salieran imágenes en algunas páginas, pero no del Pato Donald ¡sino de chicas con poca ropa! Así que Rodri y sus amigochos entregaron a la maestra un trabajo fuera de lo común. El lío llegó a la dirección, luego a los papás y, según le contaron a Ruth, a la mami de Rodri, quien de paso encontró muchas imágenes similares en la compu de su esposo. Desde ese momento, Rodri hizo todos sus trabajos a mano y, por supuesto, reprobó, porque lo flojo nadie se lo iba a quitar. Además, algo debió pasar en su casa, ya que antes de terminar el curso dejó de meterse con Maca.

Así que casi todo el temido curso de quinto año navegamos entre las amenazas de los acosadores y el exterminio en las cámaras de gas operadas por el profesor de Ciencias Naturales, a quien no le hacía ninguna gracia que definiéramos a los marsupiales como aquellos animalitos del bosque que tienen tetas en una bolsa, ni que afirmáramos que las algas eran unas pequeñas bestias con cara de vegetales. Un día estuvo a punto de sacarme del salón porque, a la pregunta de cuáles eran los movimientos del corazón, le contesté que dos (sonrió) y entonces me preguntó que cuáles eran:

—Pues el de rotación y el de traslación —contesté.

—¡Déjate de estupideces y contesta correctamente! —interrumpió, escandalizado.

—Sí, profe, de rotación alrededor de sí mismo y de traslación alrededor del cuerpo.

—¿A quién le quieres ver la cara, jovencito?

Y bla, bla, bla…

De dónde saqué tanto disparate, creo que de mis sueños con Micro.

Al día siguiente Ruth y yo teníamos una cita con la directora de la escuela.

El maestro de Lengua no paraba de parlotear, eso sí, de manera correcta, y la de Inglés era buena gente, pero no se le entendía nada porque hablaba muy bajito y el grupo era ensordecedor. Con la de Mate era imposible razonar; los números nos resultaban pesados como una pluma en Júpiter. Cada vez que preguntaba el área de un triángulo todo mundo escondía la mano, hasta que algún civilizado la soltaba: "Creo que es igual a la cuarta parte de la mitad de su lado por la semisuma de la raíz cuadrada de seis". La clase de Civismo parecía un videojuego en el cual había que derrotar robots cada vez más garrientos y peludos, los cuales nos obligaban a aprendernos siglas incomprensibles como ONG, ONU y UNESCO.

En esa época platicaba poco con Poli y apenas recibía noticias de ella. Al menos les iba bien en Jalapa, su mamá trabajaba como profesora de Biología y ella estudiaba en una escuela anexa a la Normal de la misma ciudad. Su vida cambiaba y la mía seguía estancada en mi isla desierta.

Pasé quinto año de panzazo. Ruth se portaba cada vez más hostil con mi padre porque no acudía a los llamados de la directora; Juan, con menos tiempo para pasar conmigo, y yo, sin querer ver a ninguno de los dos.

Así sobreviví a quinto y llegué a sexto de primaria. Albergaba la esperanza de que, escarbando en el disco duro de mi compu, encontraría lo que habría de ser en el futuro: un convenenciero, un cobarde, un marinerito de agua dulce, un *skateboarding*. O una persona útil, dinámica, responsable de lo que le toca hacer, un buen hijo de papi y mami. Por ejemplo, si estás en una fiesta y se te cae el plato del mole con arroz, vas y buscas un trapo con qué limpiar tu desaguisado. O si vas a salir a la calle con tus mascotas, te preparas con un juego de bolsas y guantes, sin olvidar lavar donde se orinó el perro.

No sabía todavía qué camino elegir. Tal vez tenía que esperar a que uno me eligiera.

En esos días de desobediencia infantil me quedé durante un aguacero, con rayos y todo, afuera del depa, contemplando cómo caía la lluvia. Mi madre todavía no llegaba, últimamente se le hacía tarde o andaba retrasada por "algún inconveniente". Lo cierto es que tenía más tiempo para mí sin mi sacrosanta madre encima. Así que me empapé.

Para cuando llegó ella, yo estaba en la cama recién bañadito por el bendito cielo.

Antes de quedarme dormido sentí los primeros avisos de la fiebre y el sueño comenzó a dominarme poco a poco, hasta que empecé a verme como parte de un cortejo, ni fúnebre ni con jolgorio, cuyos participantes olían de una manera familiar. El camino dejó de ser conocido y se transformó en el espacio, en algo salpicado de puntos incomprensibles, al menos para mí.

De pronto me encontraba en una nave con rumbo a Sirio y, en un pestañear, había llegado. Ahí, un siriano nos daba la bienvenida y nos felicitaba por haber recorrido 52,174,000 millones de leguas, "marítimas", aclaró. El siriano, cuya voz se parecía a la de Juan, nos llevó a visitar el objeto que era el orgullo de su ciudad: el telescopio de Sirio. El capitán de la nave nos informó, mientras subíamos a la parte más alta de esa bola de fuego, que los rayos de nuestro Sol tardaban diecisiete segundos en llegar a la Tierra, y a Sirio, veintidós años. A lo lejos sólo se veía una diminuta tableta luminosa: ¡el Sol!

El capitán trataba a nuestro anfitrión siriano con naturalidad, como si se conocieran de siglos. Y caí en la cuenta de que lo había visto antes: ¡era Micro! Ahí me enteré de que, en efecto, no se trataba de un microbusero venido a menos, sino de un habitante de un mundo raro. El siriano nos explicó que Micro era el diminutivo de Micromegas, el inventor del Megatón, una fuente de energía para controlar las explosiones de Sirio, la cual nunca sirvió, pero era una bonita reliquia.

Luego apareció otra siriana. Ella nos avisó que era momento de regresar a la Tierra. Por más extraño que parezca, se parecía a Ruth, no estaba seguro. Entonces Micro nos dio las coordenadas exactas para retornar a salvo y no pasar por un agujero negro; la siriana propuso que nos llevara él y nos pusiera a salvo. Micro accedió y nos condujo a Saturno. Al menos ya estábamos otra vez en nuestro sistema solar. Desde ahí, y sólo si lográbamos sortear sus anillos, podríamos regresar a nuestra cama. Micro nos animó diciendo: "No se preocupen, con tiempo y paciencia, a todos los laberintos se les encuentra una salida".

Con gran pericia lográbamos salir de Saturno, y Micro lucía más pequeño. Un segundo después dábamos un brinco para caer en su luna, Titán. Entonces

Micro dijo: "Abreg ad habra". Enseguida una puerta se abrió y se metió. Volvió a aparecer detrás de una ventana y agitó su mano al despedirse. Conforme nos alejábamos del núcleo sólido saturnino, Micro se veía cada vez más viejito. Al abandonar Titán, ya era una pasita, aunque no dejaba de sonreír con malicia.

Yo no quería dejarlo ahí, pero la nave viajaba a gran velocidad y el vértigo me hizo despertar abruptamente. Pero ni la sensación de humedad en mis calzoncillos terminó de despertarme por completo.

No recuerdo bien qué sucedió al día siguiente. Las sábanas y mi piyama estaban empapadas. Apenas podía escuchar las palabras que Ruth le decía a Juan por teléfono. Me sentía débil y me quedé dormido el resto de la mañana.

Cuando desperté, mi mamá estaba a mi lado, sentada en la cama.

—¡Abracadabra! —dije en el momento de abrir los ojos, como si hubiera entendido todas las matemáticas de un jalón. Luego me di cuenta de que no podía ni levantar el brazo—. Capitana, la nave está medio descompuesta.

—No se preocupe, piloto, vamos a darle una arregladita, ¿eh?

Estaba seguro de que no me había entendido. Quise hablarle de la otra nave, de la que nos había mostrado Micro. Era inútil. Creo que nunca antes me había detenido a pensar en que los sueños sólo eran de uno y de nadie más. Incluso a la persona que nos trajo al mundo era imposible transmitirle la experiencia. Me sentí solo, distante, aunque su presencia me reconfortaba. Entonces mamá sacó herramientas para espantar la tristeza.

Primero tuve que inhalar el vapor emanado de las plantas que hervían en un recipiente. En pocos minutos pude respirar mejor. Luego le habló al doctor: me recetó algo rápido para bajar la fiebre y pidió unos análisis para encontrar los bichos que comenzaban a reproducirse en mi panza. O en mis bronquios. Y en la garganta, en la boca… Eso lo había traído de Sirio, ¡alimañas extraterrestres! ¿Cómo pretendían curarme los médicos de la Tierra?

Una hora más tarde llegó el mensajero de la farmacia con unas tabletas gigantescas. Me dieron un par con mucha agua, no porque tuviera sed, sino porque era la costumbre en mi casa: tomar las pastillas con agua, con muchísima agua. En pocos minutos volví a clavar el pico.

—Micro en su viaje por el infierno a Venus —dijo una voz parecida a la de una bocina con el ecualizador de los tonos graves reventado—, Micro de visita en la zona arqueológica de Teotihuacan, Micro en Monte Albán, Micro llevándose fotografías microscópicas de ruedas calendáricas de los indios…

No recuerdo más. Caí en un sueño profundo y restaurador. Por la noche desperté como nuevo, con un hambre de los mil demonios. Mi mamá me preparó sopa de verduras y pollo, con arroz y una gota de limón. No parecía nada grave. El resultado de los análisis confirmaron sus sospechas. Aun así, no me reprochó nada.

Yo tampoco le dije que había soñado con Micro, a veces era tan real que no sabía si estaba despierto o dormido, cuando el frescor del amanecer estaba en su punto máximo de rocío me tranquilizaba, pero me tenía que levantar corriendo al baño por los nervios que había sentido. Esa mañana me topé con Juan Diego. No me dijo nada. Se limitó a sonreír e invitarme a que me diera un baño caliente, con el jabón en gel de hierbas que usaban los hombres como él.

Hay que entender que, cuando te encaminas sin remedio a cumplir los doce, puedes llegar a pensar que los que se dedican a mirar el cielo, como Ruth y Juan, están medio zafados. No alcanzas a dilucidar cuál es el valor de aquellos que están mirando y de quienes cuentan las estrellas, de los que revuelven ruidosamente las hojas de los códices para indagar cómo los astrónomos prehispánicos aprendieron a pintar con rojo y negro. Era tan bestia que no entendía que lo pintado nos aclara el camino.

Además de que vivía en la azotea de un edificio y miraba la copa de los árboles, y de que había conocido una que otra estrella gracias a mis padres, no pensaba en los que ordenaban cómo cae un año, en cómo sigue su camino la cuenta de los destinos y los días. Ellos podrían ser igual de valiosos que el Moco de Gorila y el procesador de videojuegos más rápido del mercado.

VI

Llegué a los doce cuando las imágenes de lo que era útil, dinámico y responsable me parecían un enredo. Y fueron tres hechos los que marcaron esta época: ser hijo de Juan Diego, mi exposición escolar y los celos.

El día de mi cumple llegó de Jalapa una caricatura de Poli vestida como heroína de manga: botas plateadas de doble plataforma, traje de combate azul eléctrico y un antifaz de carnaval jarocho, es decir, con dos cometas encontrados. Después llegó Juan: me regaló un jabón de los que usan los astronautas en la Estación

Espacial Internacional. Su intención era animarme para que entrara a la carrera de los locos que se someten a pruebas a velocidades indescriptibles. Más tarde apareció Ruth con una jarra de jugo verde (nopal, apio, piña y un poquito de un jarabe que atesoraba como bruja) con el objetivo de fortalecer mi salud. Había una confabulación del espacio sideral para hacerme la mañana de cuadritos con "J" por todos lados: Jalapa, jarocho, Juan (Diego), jugos… Salí huyendo de mi habitación.

Si no existía una conspiración, ¿por qué me produjo tanta ansiedad el dibujo de Poli? Para colmo, cuando terminé de bañarme con el jabón, me dio una terrible comezón por todo el cuerpo, hasta en la cabeza. Y el preparado de Ruth me mantuvo pegado al excusado por más de media hora.

Cuando pude, me atreví a regresar. Las consonantes se rebelaron contra la dictadora: la J, que quería adueñarse de mi día. Busqué a Macario por internet y me puse a platicar con él. Ya no estábamos en el mismo grupo, por eso siempre había chismes que contar.

—El de Mate se cree mi jefe, no hace más que ponerme toritos. Y, ¿por qué voy a saber de eso? Lo único que sé es lo que me ha enseñado mi papá.

—Me pasa lo mismo con el de Naturales, sabe que Juan Diego es astrónomo y ahora quiere que exponga el tema de los planetas para la próxima semana, está loco…

Pero como nos distinguía una especie de espíritu de escobeta, hecha de una fibra dura, cuya misión era fregar hasta el último momento, nos valió gorro.

—Sí, primo, así está la cosa. Bueno, ya me voy porque mi mamá está tocando.

Maca y yo éramos como hermanos. Sin embargo, hacía tiempo que la distancia y los gustos diferentes nos habían distanciado un poco. Ya no eran zombis contra extraterrestres y virus cibernéticos los que llenaban las pláticas; ahora nos la pasábamos intercambiando chismes, malestares comunes sin profundizar en los sentimientos o intereses del otro.

Estábamos creciendo y no nos habíamos dado cuenta.

Después de portarme como buen niño tomándome su mezcla de bruja, acordé con Ruth que me ayudaría a crear una versión del sistema planetario para la clase de Ciencias Naturales. Ese día el maestro había retomado el tema y había explicado la idea de un astrónomo jesuita sobre la forma en que se creó el Universo, y que había sido comprobada en los últimos años por muchos datos a partir de observaciones estelares, "como las que lleva a cabo el papá de José Agustín", dijo el profe, haciendo que todas las miradas se clavaran en mí como puñales.

Yo sentía la cara roja (aunque mi piel café tostado ocultaba un poco el rubor). Mientras, mis compañeros se burlaban de mí llamándome "el payaso de las estrellas", por mi gusto a hablar del tema y por ser el hijo del saltimbanqui que sostenía que los hoyos negros más bien eran grises. Los nervios me traicionaron y terminé por vomitar en clase (maldito licuado verde). Un verdadero desastre. El profe de Naturales estuvo a punto de reprobarme, de no haber sido hijo de Juan Diego. (El santo, por fin, me había hecho un milagro.)

Quiso la suerte que por esos días mi padre se apareciera a la salida de clases. Mis compañeros me hicieron burla cuando nos alejamos y las chicas nos chiflaron y lanzaron piropos. Por extraño que parezca, me dieron nuevamente ganas de vomitar. El caso es que Juan había ido a recogerme, pues cada vez tenía menos tiempo debido a sus investigaciones astronómicas y este día lo había dedicado a mí, mejor dicho, al dentista, porque me llevó a uno. Lo odié como no tuvo idea.

Me hicieron limpieza, me quitaron varias caries y me taparon una muela el mismo día. El resto, tres más, quedaron para otra sesión, que resultó ser al siguiente día.

Para cuando llegué a mi casa la anestesia no había desaparecido y mi lengua gorda y torpe no me permitía hablar correctamente.

Ruth me recibió como si fuera su bebé, me hizo un puchero y me preguntó si me dolía. Me aguanté y sólo balanceé la cabeza diciendo que no. Juan se quedó a comer y por unas horas todo fue como hacía algunos años: Juan lavando los trastes, riendo y contando sus aventuras, sus nuevos proyectos, cenando de nuevo con nosotros y quedándose hasta tarde. No supe a qué hora se fue y si se despidió de mí, supongo que no. Cuando desperté esperé verlo en la cocina preparando un jugo listo para llevarme de nuevo a la escuela, pero la realidad de nuevo me dio una cachetada. Era mucho pedir.

En cambio, me recibió la sonrisa de mi madre, su mano apretando mi cachete y preguntándome si me dolía. De nueva cuenta su puchero. Le retiré la mano con desagrado, me comenzaba a molestar que me tratara como a un nene. Se me quedó viendo con desconcierto, así que intenté sacarle una sonrisa y me inventé un sueño:

—Anoche soñé que estaba dibujando un enorme grifo de agua dulce —no sé de dónde saqué eso pero atraje su atención.

—Qué bonito, eres un dador.

—¿De qué? —nunca me esperé que me dijera eso.

—De buenas noticias. ¿Y luego?

—Vi una manzana, como la de aquella vez que me operaron.

—¿Y quién te la ofrecía?

—No sé, no me acuerdo… ¡Ah!, y de la llave salía el agua con algunos pescados…

—Peces…, porque aún nadie los ha pescado. Peces, agua…, tienes alma de constructor y un corazón dispuesto a dar. ¿Es todo?

—No…, también había chupadores de sangre que surcaban los aires de noche y de vez en cuando aterrizaban para llevarse a los pobladores de las montañas…

—¡Ey, jovencito! —interrumpió ella—, avísame cuando cambies de realidad porque ya estás inventando.

Me miró a los ojos, no pude seguir mintiendo. Me reí. Sabía que mi propósito era entretenerla, contarle historias que mantuvieran su atención. De pronto sentí que su humor cambiaba, se había entristecido y, al mismo tiempo, estaba alegre por algo que había visto en mí. Creo que Ruth vio al mutante que era su hijo: un bebé que se había convertido en niño y ahora estaba entrando a la adolescencia como un androide de nueva generación.

Mi segunda desgracia ocurrió en la presentación de mi proyecto, ese que mi mamá me ayudó a crear. Juntos hicimos una versión en miniatura del sistema planetario. (En realidad, fue gracias a sus hábiles manos y su capacidad para resolver problemas espaciales, como la proporción de las cosas.) La maqueta era una chulada.

Llegué sintiéndome el pavorreal entre un montón de gallinas. Mi maqueta superaba por mucho a las de mis compañeros. Durante las clases que antecedieron a Ciencias Naturales la protegí como un perro, pero cuando el maestro entró y tuve que sacarla de la bolsa, empecé a temblar.

Uno a uno, mis compañeros fueron llamados por orden de lista al frente para que expusieran el tema que les había tocado. Cuando fue mi turno, mi nerviosismo me hizo saltar como si tuviera un gusano en la cola, trastabillé y hasta el pizarrón fui a dar con todo y la hermosa obra artesanal de mi madre. El Sol y los planetas que giraban bajo su influencia gravitacional salieron volando, chocaron con el pizarrón y se desparramaron por el piso.

Tenía ganas de que me tragara una nueva dimensión en el espacio y el tiempo. Sentí el rubor en el rostro como jitomate asado, mientras que los demás se burlaban. El maestro llamó inútilmente al orden, moviendo la cabeza en señal de desaprobación. Un corito se escuchó en el aula: "Fuera, fuera el payaso de las estrellas". Entonces me puse a recoger lo que quedaba de la Vía Láctea. No sabía qué hacer. El maestro subió los hombros y me indicó que continuara con mi exposición. Entonces se me ocurrió preguntarles:

—Eh, bueno, ¿se saben los nombres de los planetas en orden? —las risas se calmaron hasta formarse un silencio incómodo, yo bailaba un poco y me tocaba la cara, esperando que hubiera vuelto a su color natural.

—¿A poco no saben que María Vende Tamales de Mole Junto a Su Único Nieto, Pedro?

Mis compañeros pusieron cara de idiotas y de mofa, una rechifla me cayó encima (junto con una lluvia de bolas de papel, y hasta un sándwich a medio comer). El profe volvió a controlar al grupo y esbozó una leve sonrisa que me invitaba a continuar. Me sentí más seguro.

—¿Es la calle en donde vives? —preguntó un compañero.

—¡No estamos en la clase de Español! —gritó otra compañera.

—Tarados, es la ruta que tomaríamos si viniéramos desde el Sol. Primero encontraríamos a María (Mercurio), Vendiendo (Venus), Tamales (Tierra) de Mole (Marte) Junto (Júpiter) a Su (Saturno) Único (Urano) Nieto (Neptuno) y, con una coma que, de acuerdo con la maestra de Español, sirve para separar frases, aparece Pedro (Plutón), el planeta enano.

—Te faltó la "a" —gritó una escuinclilla necia.

—Es el nexo.

—Oooohh —se escuchó en el salón, seguido de un sonoro aplauso. Ya no me sentía avergonzado, ahora quería patearles el trasero a todos, incluyendo a las niñas.

El profesor trató de explicarnos por qué Pedro, es decir, Plutón, había sido separado por una coma. Señaló que en 1930 el astrónomo Percival Lowell lo descubrió por casualidad, y encontró que sus movimientos de rotación y traslación eran muy distintos a los del resto de los planetas.

—Si pudiéramos acercarnos a Plutón —añadió el profe—, veríamos un paisaje cubierto por hielo de metano acompañado por su solitaria luna gigante, Caronte. El Sol apenas sería un punto de luz brillante en un cielo negro; para que se den una idea de qué tan alejado está.

—¿Es muy negro? —preguntó alguien.

—Como nunca lo has visto o imaginado —hizo una pausa y continuó—. A ver, Agustín, ya que parece que sabes tanto, ¿podrías decirnos algunos datos que distingan a cada planeta?

Su pregunta no sonó a pregunta, más bien a una orden, así que no me quedó de otra. No tuve más remedio que volver a la maltrecha maqueta y sacarme las palabras de la cabeza, que ya me dolía.

—Mercurio es el más cercano al Sol y es el más pequeño. En Venus, el Sol sale por el Oeste y se oculta por el Este, al revés que en los demás de nuestro sistema. Marte pudo ser como la Tierra, pero no tiene atmósfera y está muy cerca de la achicharrante estrella. En cambio, aquí, en la Tierra, la temperatura es menos agresiva y la atmósfera permite la vida. Júpiter ya está muy lejos, y además es gigantesco…

—¿Cuánto? —preguntó el maestro.

—Como diez…

—De hecho, once —corrigió él—, once veces el diámetro de nuestra Tierra, pesa lo que 318 Tierras.

"¿Si ya lo sabía, para qué me pregunta?", pensé exasperado. Muchos exclamaron de nuevo exagerando con tal de seguir la bulla, al menos unos minutos, en espera del ansiado timbre de salida al recreo. El profe se impuso y me pidió que continuara.

—Saturno tiene un anillo de piedras y hielo, además de un satélite natural muy grande, más grande que Plutón, el cual se llama Titán. Es tan ligero que flotaría si hubiera un océano tan grande como para contenerlo...

El grupo volvió a admirarse, esta vez haciendo una animada ola. Intenté continuar mientras el profe trataba de calmarlos.

—Varias sondas han pasado cerca de Saturno desde 1979. Urano es rocoso pero no tiene un núcleo central, como Júpiter y Saturno, más bien las rocas, el hielo y los gases están como sueltos...

Volteé a ver de reojo al profe, quien dejó pasar mis imprecisiones. Ya luego nos dictaría una tarea basada en mi exposición, si es que a ese recital podía llamársele de tal manera. Retomé el hilo, mirando la luz al final del túnel.

—Neptuno es el último planeta de nuestro sistema solar y se caracteriza por su numeroso grupo de lunas, trece conocidas hasta el momento, quién sabe, a lo mejor al rato le salen más.

Di por finalizada mi dizque exposición y me fui a sentar frente a mi pupitre, bajo la rechifla, aplausos y risas de los compañeros. Un par de eufóricas chicas me pellizcaron un brazo y una pierna. Podía soportarlo todo, excepto que al profe de Naturales le hubiera pasado por la cabeza reprobarme y que se retractara por ser hijo de Juan Diego. La cosa no salió peor porque había cumplido; que en el camino se estropeara, era otra cosa. Tan simple como eso. Me sentí orgulloso de no haber tenido que recurrir al santo, porque los milagros son miles de lágrimas que nadie ve.

Algo que trastornó la ya patética relación con mi padre fueron los malditos celos.

Tenía tiempo que no frecuentaba a Maca como antes. Como dije, las pláticas se habían hecho aburridas y repetitivas, y los dos las evitábamos. Nada nuevo que contar. Él estaba cada vez más obsesionado con las Matemáticas y las computadoras y yo, más burro de lo normal.

Un día mi tía Sara llamó a mi madre diciéndole que Macario sufría de depresión, ya no tenía amigos, no salía, sólo quería estar en su habitación. Mi madre me pidió que lo fuera a ver. Se lo prometí pero no lo cumplí pues al día siguiente cayó una estrella del cielo. Pero qué estrellota: Poli.

Cuando la noté tan sonriente no creí que fuera ella. Era una nueva Poli, más, más…, no sé, más desarrollada, más…, era de esas personas que tenían el don de alegrarte la vida con su presencia.

Sólo sé que desde que la vi me olvidé de Maca, la escuela, la patineta, Ruth y, principalmente, de Juan

Diego. Nos divertimos como niños, sin duda porque sería la última vez que la vería. Cuando me dijo que se marchaba a España con su padrastro y su madre (que ya se había casado con Jordi), sentí que me robaban mi mejor estrella. Pero lo superé pensando que faltaba mucho para eso (es un buen autoengaño).

La última noche que salimos fuimos a mirar las estrellas con Ruth y su madre, así que tratamos de alejarnos de su vista un poco. Deseábamos que las estrellas nos dejaran ver su mansa brillantez. Pero no pudimos encontrar un oasis de oscuridad para observarlas a simple vista, sin telescopio casero, aunado al hecho de que la noche se perfilaba fría y nublada. Entonces Poli me confió un secreto:

—Siempre me has gustado.

Me quedé sin palabras. Pero no fue necesario hablar, Poli fue más aventurada y se acercó tanto que podía sentir su aliento y me plantó un beso tierno, corto, en los labios.

¡Guau!, desde ahí supe que quería más de eso.

La última noche que vi a Poli soñé con ella. Fue un sueño raro como los que generalmente tenía, pero tan real, que tiempo después lo recordaría y hasta podría llamarlo premonitorio. Tal vez Ruth no estaba tan alejada de la realidad y a veces en los sueños se podía ver lo que sucedería.

En mi sueño, Poli y yo caminábamos por un parque entre las sombras de las palmeras, se podía sentir el frescor y la brisa moviendo las palmas. En eso aparecía Micro. Yo le sonreía e iba a su encuentro, alentando a Poli a acercarse.

Micro la saludaba como si la conociera, y le preguntaba:

—¿Sabías que allá arriba —dijo, señalando el cielo que apenas asomaba por el ramaje— los objetos tienen edades de millones de años y que podemos volar entre las galaxias y saltar de planeta en planeta, como Agus bien lo sabe? Es una cualidad humana.

—¿Podemos volar? Agus, ¿puedes volar y no me lo habías dicho? —preguntó Poli en ese tono que demostraba molestia.

Yo me quedé viendo a Micro, contrariado. Me estaba haciendo quedar mal con... ¡con mi chica!, ¿qué le ocurría?

—¿Es usted humano? —interrumpió Poli.

—No, señorita, *fui* humano. Un gran astrónomo. Y algo me queda, sin duda. Pero eso ya no importa. Deben de saber que en la Tierra las cosas pasan de otra manera, a otra velocidad: he observado y podido comprobar que las especies de este jardín superan los ciento cincuenta años, como el llamado Santo Domingo o *Mammea* americana.

—¿Y eso qué quiere decir? —insistió la aguerrida de Poli.

—Que lo trajeron de América a finales del siglo XVI.

—Eso ya lo estudiamos en el cole.

Y, como si no la hubiera escuchado, Micro prosiguió:

—También es el caso de algunos ejemplares longevos pertenecientes a la familia araucaria, como esos que ves allá. O de aquel pino canario, que nació en el año en que se inventó el telescopio —Micro hizo un gesto de insatisfacción y repuso—: Bueno, quizá no tanto, pero resisten el ataque de bacterias y hongos durante muchos años después de muertos y permanecen de pie, erguidos.

En ese momento una flota de seres nebulosos y amorfos se acercó a las plantas dañándolas y devorándolas.

—Ya vieron, ésos son los virus y las bacterias de las que les hablo. Los hongos son de otra forma.

De pronto, parecía que las bacterias se iban a comer todo; en un pestañear estábamos rodeados de *picus*, uno de ellos sobresalía por su tronco colosal. Micro nos explicó que había sido traído de Sudamérica y que desde hacía más de doscientos años se levantaba sobre las caprichosas formas de sus enormes raíces.

En un pestañear nos encontramos rodeados de bromeliáceas, con sus flores de hojas rosadas y picudas, de cactáceas, cuyas espinas y cuerpos verdes se movían pretendiendo alcanzarnos, mientras que las moráceas, igual de verdes pero con pequeños chipotes rojos, salían a cada paso que dábamos. Micro ni se percataba de nuestros sustos, se deleitaba mostrándonos su jardín.

Nos advirtió que pronto recibiríamos noticias de los mensajeros de las estrellas.

—¿Cuáles? —pregunté yo.

—Los del Universo primitivo, sin duda; también los del Universo violento, sin olvidar a los mensajeros del Universo invisible.

Se volteó hacia Poli y le dijo, con voz sonora:

—¡Ha sido un placer!

Y se esfumó, sin darnos oportunidad de saber cómo eran los correveidiles que nos visitarían pronto. En ese momento apareció detrás de una palmera el maestro de Biología, y nos gritó:

—¿Quién les dijo que las bacterias y los virus atacan a los árboles? ¡Están reprobados!

—¿Reprobados? ¡Pero si yo no dije nada!

Me desperté pensando que había reprobado Biología por culpa de Micro.

A la semana que Poli se marchó, mi vida volvió a la normalidad (o eso creí, porque ahora sí comencé a observar a mis compañeritas).

Lo cierto es que me había alejado de Maca y no sabía nada de su persona. Cuando me acordé de él, me enteré de que estaba de viaje con Juan Diego.

—¡Quéééé! —recuerdo haberle dicho a Ruth, a lo que ella me contestó, como suele hacer cuando cree tener la razón:

—Creímos que no te importaba porque preferiste salir con Poli, y… como estabas tan ocupado, tu papá decidió que le caería muy bien a Macario salir un poco y conocer algo de su trabajo.

Me quedé de una pieza. Si me informaron, ni me enteré. ¿Cuándo había sido eso? El hecho es que regresaron y Macario era otro, traía el brillo de la ciencia en la mirada. No dije ni pío, mi molestia era evidente.

Juan Diego habló con Ruth y la tía Sara. A la semana siguiente, en un desayuno para tres, muy inusual en nuestra ya cotidiana vida, Ruth y Juan me comunicaron:

—Hemos decidido que te vas a ir con tu papá una temporada —comenzó mi mamá.

En realidad, yo esperaba que esto fuera más como un guion de telenovela, un discurrir con atajos convenientes para evitar las complicaciones de toda la vida.

—¡Eh! ¿Y por qué? —a Juan no le gustó mucho la pregunta.

—Creo que es necesario que pase más tiempo contigo. No quiero que te suceda lo que a Macario y no te puedas relacionar bien con los demás y con nosotros.

—En realidad aquí arriba se vive muy bien, casi ni tiembla y… tengo muchos amigos, y no salgo tanto porque no me deja mi madre, pero soy muy sociable

—dije, con la angustia de separarme del capullo materno.

Mis padres se miraron y se sonrieron. ¿Se trataba de una broma? No me estaban preguntando, me estaban ordenando.

—Ya sé, me vas a llevar a mirar por el nuevo telescopio —dije con ganas de que se terminaran de burlar de mí.

—¿Qué comes que adivinas? —agregó él.

—¿Y qué voy a hacer mientras estás trabajando? —seguí, sin hacer caso a sus amenazas.

—De eso queremos hablarte. Pensamos que sería bueno invitar a tu primo Macario.

Entonces me di cuenta de que el viaje era por él. Ese mismo sentimiento que tuve cuando me enteré de su viaje volvió, y si en un principio no quería reconocer que eran celos, ahora la realidad me lo gritaba. Estaba celoso (qué digo celoso, celosísimo).

—¡Ok!, está de pelos… —se me salió, tratando de disimular.

—Mira nada más esa boquita —intervino Ruth.

—Perdón…, entonces, ¿a dónde iremos a "divertirnos"? —enfaticé la palabra, pues sabía que con Juan todo era respirar astronomía, telescopios y estrellas.

—Haremos un *tour* muy interesante —afirmó Juan Diego—. Daremos unas vueltas por Londres, París y cerramos en Islas Canarias; conoceremos a gente muy muy interesante.

Lo único que acerté a preguntar fue:

—¿Puede venir Poli? Ella estudia en la Escola Octavio Paz, en Barcelona —Juan casi se atraganta.

—Fenomenal. Entonces haré algunas modificaciones a nuestro *tour* para coincidir con algunos amigos. Me encanta. Parece que Octavio siempre estará en nuestras vidas —miró a Ruth y le tomó la mano. Por un momento creí que yo los estaba acercando. Todavía no perdía la esperanza de que volviéramos a estar juntos.

Por la noche corrí a escribirle a Poli y le pedí más detalles de su escuela. Me dijo que era muy bonita, sobre todo porque se buscaba la integración racial, por lo que convivía con niños de África, Latinoamérica, Asia y, claro, de España. Me contó que tenía nuevos amigos y que, si iba a visitarla, me los presentaría. También que a Jordi lo habían despedido y que ahora estaba en "paro", desempleado, terminó por explicarme (no entiendo por qué usa esa palabra si sabe que acá ni la conocemos; pensándolo bien, creo que sí). También me informó que su madre estaba trabajando en el mismo colegio al que ella iba como maestra de Ciencias y que ambas estaban contentas con su nueva vida.

Al terminar de platicar, una sensación de júbilo me invadió antes de dormirme y, a la vez, un vértigo que no supe explicar.

En lo que llegaba el día de partir, tanto los padres de Maca como los míos nos presionaron para que practicáramos algún deporte juntos, y como el único deporte que se ve y se siente es el futbol, nos mandaron a Pumitas. Pero en lugar de eso llevé a Macario a una pista ubicada debajo de un puente.

—¿No se supone que deberíamos estar en el club Pumitas para inscribirnos o hacer fila, o qué sé yo?

—¿En verdad quieres entrarle a las patadas, Maca?

—No sé, nunca he jugado. Tal vez la probabilidad de que salga lastimado sea más alta a la de que meta un gol o me seleccionen para un equipo de primera división.

—¿Te cae? Maca, es Pumitas, ya pasamos los doce y nuestros padres no se han enterado. Además, ahí tienes que ir con un adulto y llenar un montón de papeles. Ya estuve ahí, me gustó pero no tengo un buen recuerdo.

—¿Papeles? ¿Qué papeles?

—Ya viste, ni estás enterado. Yo paso, vete tú si tanto quieres. Nomás les dices que tienes ocho años, yo creo que sí te aceptan.

—No manches, Agus…

—Yo les voy a decir que sí estoy practicando pero no les voy a decir qué. Y me voy a largar a practicar patineta bajo este puente o en CU. Estoy haciendo ejercicio, ¿o no? Tráete la tuya y yo te enseño.

Macario se quedó callado. Por un momento creí que se iba a rajar. Lo más fácil es no hacer nada, lo tonto es optar por la salida inmediata de una fantasía, de la realidad fingida, de hacer lo que se cree correcto.

—Mejor practicamos ping-pong de nuevo.

—Eres un cobarde, Maca. ¿Qué pierdes?

—Tal vez, pero siento que eso no va conmigo. Eso de romperse algo…

—Lo tomas o lo dejas Maca. Allá en Ciudad Universitaria hay rincones perfectos para empezar.

—Pues lo tomo. Pero conste que si me pasa algo tú serás el responsable.

—Sí, sí. Entonces, ya estás. Pero ni pío a nadie, Maca. Para todos somos unos pumitas.

—Va. ¿Oye, me prestas tu patineta? Es que no tengo.

—¡Ay, Maca!, pues tendrás que sacar tus ahorritos y comprar una, porque la mía, es sólo mía.

Lo cierto es que ni la Cruz Roja ni los paramédicos tuvieron que auxiliarnos en varias semanas; al contrario, nos volvimos unos verdaderos viajeros del tiempo en patineta hasta que mi madre se enteró.

Durante ese tiempo descubrí que teníamos muchas cosas en común, además de lo que ya sabíamos, como mirar y saber del Universo: también nos gustaba Gorillaz, el rap, patinar e imaginar, como niños, que viajábamos en naves extraterrestres.

Nunca se lo confesé, pero mucho del rap que escuchaba Macario me parecía basura melodramática y llena de sandeces. Él, estoy seguro, me tachaba de gay de clóset, pues confieso que Poli me había influido —ahora que estaba viviendo en la ciudad condal—, con su gusto local. Y esto se traducía en un grupo bastante chido, Fufu Aï, que tenía letras en castellano, catalán, francés, inglés y árabe. Trataban de crear nuevos sonidos, lugares para la fusión de las naciones. Una especie de gran nación mundial.

"Charros", le escribí un día a Poli, confundido, "lo de los nuevos sonidos y las letras lo entiendo, pero eso de… un país, un mundo…, ¿cómo le harán para pasar las fronteras? ¿Y los pillos? ¿Y las enfermedades? ¿Quién supervisaría el tráfico?".

Poli cortó la línea. Yo no entendía nada de la comunión universal, y ella tampoco: no teníamos por qué saber que a esa región del mundo se habían mudado muchos idealistas, algunos hijos de otros que en su juventud intentaron regresar a la vida campirana. "Todo un rollazo." Aun así, me gustaba esa música. Desde luego, había algo de rap, aunque era distinto. No sabía en qué consistía, pero ésos eran mis gustos entonces.

Como nos gustaba Gorillaz, Maca y yo veíamos con admiración y envidia el video del concierto de Manchester, donde los niños de dos escuelas de la ciudad formaron parte del coro que acompañó al grupo en una versión de *Dirty Harry*. Macario se movía con gracia, buen estilo y dramatismo, haciendo la culebra y abriendo el compás al caer en el suelo. Podía girar de cabeza sin romperse el cuello. En ese instante se convertía en el rey, en mi estrella favorita.

Desde el primer día de entrenamiento en patineta en CU, Macario quedó impresionado.

Al obligarnos a tomar distancia de nosotros mismos, tanto en Macario como en mí surgió el instinto de supervivencia. ¿Qué significa eso? Por lo pronto, esa tarde, en encontrar una manera nueva de azotar en la patineta. Hasta que nos sorprendió mi mamá y nos regañó. ¿Acaso no entendíamos lo complicado que sería viajar con un brazo roto? O, peor, una pierna. En ese caso sería imposible salir de casa. Durante el trayecto de regreso, Ruth buscó mi mirada, en la que descubrió casi enseguida el brillo malicioso del que está a punto de sabotearse. Al día siguiente Juan pasó por mí y fuimos a comprar las cosas para el viaje.

VII

Pocos días antes de emprender nuestro *tour* científico, Poli nos dio la sorpresa al crear un grupo de chat en el que incluía a todos sus nuevos amigos, con los cuales tendríamos la oportunidad de convivir en Barcelona (era una buena forma de conocernos). Me entusiasmé con la idea y hasta le puse un nombre al grupo: "Amigos de las estrellas y sus alrededores". Maca me dijo que era recursi, pero me valió gorro.

La primera a la que vi conectada fue a Montserrat Elisenda. En la foto que subió a la red se veía a una chica con bermudas y camiseta, delgada y de piel muy blanca, tenía el cabello castaño oscuro y los ojos claros, aunque por la pantalla no podía distinguirse bien su color real. Sus comentarios eran vivaces y estaba animada con nuestra llegada. Tenía un primo que había creado una página web: *El astrónomo errante*. No le gustaban las cercas ni los muros, estaban hechos con el mismo hilo cortante de la soledad. Prefería las bicicletas a las patinetas, aunque de vez en cuando estaba dispuesta a ponerse patines de ruedas. ¿Y los de nieve? ¡Siempre!

El segundo fue Drogba Rashid. Al igual que Montse y Poli, estudiaba en la escuela Octavio Paz. Era hijo de un inmigrante marroquí casado con una mujer de Malí. Algunos meses vivieron en la isla de La Palma y luego en Tenerife hasta que, gracias a un pariente que emigró años antes, su padre consiguió un empleo como conductor de un taxi en Barcelona. Se tomó la molestia de aclararnos que el origen de su nombre se debía a la adoración que su papá sentía por un futbolista de Costa de Marfil: Didier Drogba. Cuando vimos su foto en internet, entendimos por qué lo había llamado así: tenía rastas negras, rostro alargado, grandes pómulos y los labios abultados. "Era trompudo", diría mi abuelo.

Montserrat invitó a su vez a su amiga, la Pilarica, que se moría de ganas de unirse al grupo. Vivía en Madrid, pues sus padres se habían tenido que cambiar a esa ciudad por negocios, pero estaba enamorada de Barcelona. Cuando vi su foto de bebé, redonda y pelirroja, no sé por qué me dieron ganas de hacer pipí. No era mala persona pero me provocaba algo de desapego. Según Montse, un día le salvó la vida. No nos dijo más, pero le creímos. (Afortunadamente no formó parte de nuestro *tour*.)

También se unió a nuestro grupo María oriunda de una isla africana, quien subió una foto donde estaba junto a su madre, Argelia, ambas riendo a carcajadas y jugando en un pequeño patio con jardín. A María le gustaba salir por las tardes a pasear en bicicleta. Nos contó que vivía en la parte más alta de una colina de la isla, donde el viento soplaba con fuerza, no como si quisiera llevarse todo a su paso, sino como si deseara iniciar un baile.

"Vaya, al menos no tendremos que lidiar con una bestia extraterrestre", pensé y me quedé tranquilo al saber que ellos serían nuestros compañeros.

Y llegó el gran día de la partida. Mi madre me despertó en la madrugada y me plantó frente a un desayuno que olía delicioso y fresco pero que, por alguna caprichosa razón, no me entraría al estómago. Ya no había tiempo para rumiar: di un sorbo al jugo de naranja para tragarlo como si fuera a abrir las puertas del cielo, para después hacer el intento de lavarme los dientes.

En piloto automático tomé la mochila de mano y olvidé la maldita espinilla que me había salido el día anterior (se veía como un volcán de pus a punto de estallar, guag), pues Ruth y Juan Diego ya esperaban abajo, en la calle, con las maletas en la cajuela del carro para dirigirnos al aeropuerto.

Un día antes me había salido una espinilla enorme en la quijada; por si fuera poco, también observé el crecimiento de un ligero vello oscuro sobre mi labio superior. Y es que, para alguien cuya experiencia más intensa y placentera en la vida había sido cantar "Clint Eastwood" en la regadera, es duro descubrir que los cambios irremediables pueden ser tan dolorosos como los del hombre lobo bajo la luna llena. Hubiera querido vivir en la época en que los hombres usaban cascos. Pero ya era muy viejo para jugar al rey Arturo y muy joven para andar en motocicletas.

A la mayoría le importaba un megabyte de cacahuates, pues existían cremas, pastas y pastillas que te ayudaban a que las cordilleras de acné en las mandíbulas pasaran inadvertidas, al menos uno que otro día. Y si eras paciente y no te desesperabas arrancándote pedazos de piel, saldrías más o menos bien librado.

Así que mi lucha con la espinilla se prolongó hasta bien entrada la noche. Por lo que sólo había dormido un poco cuando me levantaron.

De camino al aeropuerto miré las luces encendidas de la ciudad. Chispeaba y todavía no amanecía. Luego me puse a observar el cielo plomizo. Las nubes que traían vientos desde el Golfo quizá pasaron por Jalapa. El agua y la luz, la luz y el agua. Me quedé pensando en las dos.

El agua y la luz llevan a… ¡la lluvia!, que fue el primer sonido escuchado por el antiguo humano. Sin luz no hay agua y sin ésta no cae la lluvia. La lluvia juega con la luz y forma arcoíris. Mis abuelos me hablaron de la lluvia, de la que es amigable con sus empapados, de la lluvia parrandera, aquella que se propone persuadirnos de seguir adelante y la que nos empuja a hacerlo. La lluvia seca, ésa también estaba en la cabeza de mis abuelos. Y la lluvia difusa, la lluvia sabrosa, la lluvia negra de los cúmulos bien formados. Y… y… ya no sabía lo que pensaba, tenía sueño y comencé a cabecear. Más tardé en hacerlo en que otra vez me despertaran.

Llegamos al aeropuerto y nos formamos, al parecer teníamos que esperar un poco más para abordar pues había un retraso en los vuelos. En tanto Maca, que no recuerdo en qué momento subió al carro, y yo sacamos nuestros PSP para matar el tiempo. Grave error. Juan nos dio cátedra de buenos exploradores y decidió que esos aparatejos no entraban en el *tour* porque nos distraerían demasiado y se los dio a Ruth. Lo odiamos terriblemente.

Mientras duraba la espera, mi padre empezó a hojear una revista de esas que anuncian sitios arqueológicos y a platicarnos que al planeta Venus lo llamaban el Señor del Amanecer y que los pueblos prehispánicos lo usaban como una marca en el cielo.

—Aquí empieza el viaje, amigos —dijo Juan.

—¿Cómo? —protesté—, ¿no que íbamos a descubrir galaxias y ponerles nombres?

—Calma —respondió mi papá—. Ya conoces mis fotografías del observatorio redondo de Chichén-Itzá.

—Sí —dije, arrastrando la voz para que notara mi fastidio.

—Tú, hace apenas unos años, cuando casi eras un niño malcriado, deseabas ser como Bob el Constructor, ¿no le darías chamba al que edificó esto? —dijo mientras señalaba la foto de la revista—. Después de todo, reconocer fechas clave en el movimiento de los objetos estelares pasa por cómo construir tubos.

Macario y el tío Adrián (papá de Maca), que también nos acompañaba y que no había reparado en su presencia, me veían con pena ajena.

—Está bien —repuse con fastidio—, no eran malos.

Los tres sonrieron, aliviados. Entonces agregué:

—Pero eran aburridos.

De la pamba automática no me salvé, lo que tampoco me dejó adivinar si mi ignorancia parricida se refería a las cosas siderales o se producía por razones viscerales. Tal vez eran lo mismo. Según ellos, a los antiguos mexicanos les causaban terror los eclipses de

Sol. ¿Me habrían sacrificado? ¿Debía sentir cosquillas o bastaba con…? A los albinos se los escabechaban ese día. ¡Qué bueno que nuestra piel era como el tabaco! Aunque no estoy muy seguro de la suerte de mi mamá, la pobre habría terminado en la piedra de sacrificios.

Una vez en mi asiento me acordé de que debía meterme un chicle a la boca y masticarlo con ritmo para que no se me taparan los oídos durante el despegue. Mala señal si mi deseo era convertirme en astronauta. Tuvimos que apagar todos los aparatos electrónicos mientras el avión rodaba por la pista mojada; yo ya no llevaba ninguno. En el aire ofrecieron comida: apenas probé algo de pasta en forma de tornillo con salsa de tomate y un vaso de agua. Juan empezó su verborrea de nuevo y Maca fue su víctima. Pronto clavé el pico. Juan ni siquiera hizo el intento de despertarme.

Entonces apareció Micro para contarme que el saldo de la lluvia de pedradas era favorable, todo en blanco. Nadie había salido lastimado. Pero no podía decirse lo mismo de los satélites artificiales que orbitaban la Tierra. Una lluvia de meteoritos destrozó parte de ellos. Enormes rocas evadieron la desintegración opuesta por la atmósfera terrestre y dejaron un rastro luminoso al entrar en fricción con el aire de nuestro planeta. A los satélites los golpearon sin misericordia en su camino marcado por la atracción gravitatoria. Micro hablaba y hablaba con la voz de mi padre, lejana y cercana a la vez.

Según sus cálculos, millones de comunicaciones se habían perdido en las colisiones. Influenciado por sus palabras creí fervientemente que el avión flotaba a la deriva y su plan de vuelo era un esfuerzo inútil por remontar el Atlántico del Norte. Una y otra vez yo intentaba salir del avión, tomar el mando, retomar el curso. Unos golpes suaves me trajeron a una realidad densa. Era Macario, quien me había empujado para que dejara de balbucear. Gruñí y fui arrastrado de nuevo a la oscuridad del Universo. Entonces escuché claramente: "Vete derecho hasta topar con pared".

Sin saber cómo, me orienté en ese mar de oscuridad y me topé con la pared. En realidad no se trataba de un muro, sino de la Luna. Le reclamé a Micro su broma pesada. ¿Para qué traerme al satélite natural de nuestro planeta si lo podíamos ver a ojo pelón desde mi casa? Micro me señaló el cráter Clavius:

—Mide 233 kilómetros y está salpicado de otras protuberancias, producto de la frenética actividad de los volcanes hace unos tres mil millones de años, y de la lluvia de meteoritos que aquí llegaba sin el freno de la fricción atmosférica.

Micro parecía ser una enciclopedia de datos que, por momentos, no tenía lógica. Sonrió y me aseguró que la Luna estaba lejos de ser una masa inútil. En su interior contenía sorpresas que, quizá, los humanos descubriríamos con los años.

"En las muestras de esferas de vidrio volcánicas llevadas a la Tierra por una misión Apolo se encontró agua", me dijo. El agua, la lluvia, la luz. Mis abuelos sonreían en algún lugar del espectro invisible, aunque aún no habían entregado el equipo. Eso me entristeció, a pesar de que mi madre me decía: "Tranquilo, si sabes entender las estelas de sueños que se desenrollan en la popa de tu buque, con el tiempo pueden ser benéficas para controlar el rumbo de proa". De pronto comenzó a temblar. Terremotos en la Luna, ¡sólo eso nos faltaba! "Para que veas que no está del todo muerta", agregó Micro.

Me acordé de que Drogba Rashid dijo que quería ser ingeniero en nanotecnología, y hacer cosas y crear bichos un millón de veces más pequeños. Me deslicé en una enorme cinta métrica que tenía como extremos las cabezas de Micro y Drogba.

Una luz enceguecedora bañó mi rostro. Me cubrí con los brazos mientras las turbulencias seguían espantando a todo mundo y yo me volteaba en mi asiento y me acurrucaba. La mala onda de Macario lo impidió, pues me dio un zape.

—Te pasas, ¿cómo puedes dormir con estos sube y bajas?

—¿Qué te pasa? —le reclamé débilmente, pues seguía atolondrado y con ganas de regresar a dormir.

—¡Nada, tu padre me contó unas superhistorias!

Le sonreí. Hubiera querido felicitarlo, no sé por qué, pero el exceso de melatonina, o algo así, no me dejaba regresar a la realidad de un avión que a ratos daba tumbos. Cerrar los ojos era mejor que mirar las densas nubes chocando contra el pajarraco de metal. Y mejor que sentir la necesidad del cosquilleo en los dedos en su intento por sostener el videojuego. Al cabo de un rato Maca también se quedó dormido, tratando de hacer tierra en su asiento.

Cuando despertamos, estábamos varias horas adelante de nuestro horario normal. Tenía mucha hambre: me comí el omelet de espárragos con gusto. Bebí dos vasos de leche que, gracias a los buenos oficios de Juan, la sobrecargo me había traído junto con una bolsa de chocolates para compartir con Maca. No nos dejaron tomar ni una copita del vino que ofrecían.

Aterrizamos en Londres, con el sol en la tarde joven, luego de una mañana gris y lluviosa, según nos dijo el reporte del clima que Juan consultó en cuanto pasamos la aduana y pudimos internarnos en la ciudad.

Antes nos acercamos al mostrador del transporte público; Juan nos compró una tarjeta personal. A Macario y a mí se nos iluminó la cara. En ese momento mi papá tuvo la ocurrencia de preguntarle al encargado cómo se llegaba a la estación de "Las Tres Hermanas", a lo que el hombre respondió con una risotada:

—Caballero, tengo la impresión de que en este momento usted ha acabado con cuatro de ellas, lo cual no es buen ejemplo para sus niños, ¿eh? —y nos hizo un guiño—. Creo que en realidad usted va a "Las Siete Hermanas" y debe tomar la línea de Victoria.

Aunque sabíamos algo de inglés, entendimos por partes, así que reconstruimos el lío con Victoria y sus hermanas. Cuando mi papá nos contó en el tren la misteriosa desaparición, nos burlamos tanto que casi se nos caen las maletas por un frenazo inesperado del convoy. Juan no reconoció que la estación del Metro hacía referencia a las Pléyades, y no a algunas hermanas desafortunadas que habían caído en manos de Jack el Destripador. ¡Al mejor cazador se le escapó la liebre!

Después de una hora algo me empezó a incomodar: todas las explicaciones iban dirigidas a Macario. Descendimos, transbordamos y salimos a la calle: una ancha avenida con algunos grandes árboles que, según le dijo Juan a Maca poniéndole el brazo en los hombros, eran castaños. Caminamos un par de cuadras hasta llegar al hotel que estaba frente a un parque muy grande, el Finsbury. Juan prometió que pasaríamos ahí una mañana echando relajo. Cenamos en un restaurante hindú y dormimos en colchones donde cabía una familia con todo y abuelos. Antes, abrimos la computadora de mi papá y nos comunicamos con mis tíos: ellos estaban en mi casa con mi mamá. Los vimos entrecortados pero ya los conocíamos, así que no fue ningún trauma.

Al día siguiente, mi papá nos llevó al observatorio de Greenwich. Nosotros queríamos subirnos a la gigantesca rueda con góndolas para varias personas que llaman el Ojo y que se encuentra en una orilla del río Támesis. Pero nos convenció de verlo desde las afueras, en otra orilla del mismo río. Durante el camino no dijo nada. Sin embargo, en cuanto llegamos, no dejó de hablar. Se paró y, poniéndole una mano en los hombros a Maca, comenzó:

—Aquí empiezan los días, los años y los milenios, ¿no les parece una buena manera de arrancar?

Nos quedamos callados. Era de mañana y nos estaba costando trabajo adaptarnos al cambio de horario. Yo volví a tener esa sensación de vértigo, al sospechar que todo el discurso iba dirigido a una sola persona: Macario.

—El observatorio de Greenwich es el más famoso del mundo porque su creador es el astrónomo John Flamsteed. Les pedí que viniéramos a la ribera del Támesis para que contemplaran el transcurso del tiempo. Pensar que por aquí pasó Enrique VIII y que la función del observatorio consistía en realizar medidas astronómicas para los navegantes... y, además, que fue construido sobre el meridiano que dio origen a las coordenadas de longitud: meridiano de Greenwich... Vean su majestuosa construcción victoriana, en 1997 fue nombrado Patrimonio de la Humanidad por la UNESCO... —cada vez que decía vean, observen, se dirigía a Macario, consciente o inconscientemente, no lo sé, pero sin que se diera cuenta yo me fui quedando atrás observando cómo parloteaba sin que se percataran de que les seguía los pasos—. Este lugar es la combinación de cuatro museos en uno: el observatorio, el Museo Marítimo Nacional, la Casa de la Reina y Cutty Sark, tienen toda la razón al decir que este lugar conjuga a la gente, los barcos, el tiempo y las estrellas…

Así siguió hablándole a Macario, que estaba muy interesado en todos los detalles de por qué ese sitio y no otro era donde sonaba la chicharra del tiempo. En cambio yo sentí que me lo estaban robando, el tiempo que podía acercarme a mi padre, y unas repentinas ganas de hacer pipí se confabularon para que todo comenzara a andar de mal en peor.

Llegamos a la entrada de los dichosos museos y lo primero que busqué fueron los baños; les dije de mal humor que los alcanzaría en un momento. En el camino al baño me perdí. ¿Qué tan complicado es encontrar un baño? Lo peor es no preguntar mientras vas cruzando las piernas en cada esquina para llevarte la sorpresa de que no es el lugar indicado.

Después de dejar que mi agüita amarilla viajara por Londres libremente, salí con la intención de reencontrarme con Maca y Juan, el problema es que no reconocí el lugar. Mi mal humor subió de tono al descubrir que no sabía por dónde había llegado, no recordaba el lugar en el que los había dejado. Comencé a caminar por donde me llevaron los pies. Todo era desconocido. Para colmo, varios visitantes extranjeros llegaron atestando el lugar y, lo que fue peor, un grupo de escuincles invadió los pasillos mirando a sus anchas. Así que me fui al lugar que, según yo, visitarían primero, el planetario, y me quedé escuchando los sonidos del Sol. Recorrí todas las salas solo.

Me senté decepcionado en un descanso. Noté que desde la ventana se veían unos hermosos setos y arbustos, y observé cómo pasaban los visitantes. Me asombró la variedad de lenguas, su vestimenta, sus rasgos físicos; de repente, mi atención se centró en una familia: papá, mamá y su pequeño, que preguntaba y corría mientras su padre trataba de darle alcance. Me dio nostalgia, de esas que te sueltan el moco, y una envidia atroz por no ser ese niño.

—¿Qué haces, mocoso? —me preguntó una voz conocida. Al voltear tuve la esperanza de que ellos me hubieran encontrado, pero enmudecí al hallarme con mis sueños: era Micro. Me quedé mudo, mudo, mudo—. ¿Qué haces en el jardín de las dudas?

—¿Jardín de las dudas?, tú no eres real, sólo estás en mis sueños —traté de levantarme, de huir, pero el vértigo me lo impidió—. Estoy en Londres y estoy vivo, no pude quedarme dormido —mi desconcierto creció cuando realmente me sentí como si estuviera en otro lugar: ya no escuchaba los pasos de los visitantes, las explicaciones de los guías, las risas y los silencios del museo.

—Calma, estoy aquí para explicarte. No puedes ir de sala en sala sin saber lo que ves —sonrió y sentí confianza.

Sin que yo supiera bien a bien me levanté y mis pies tomaron camino, mientras Micro caminaba a mi lado. De repente, empezó a hablar y a describirme lo que veía. Ya no había gente, tenía el museo sólo para mí, y por su puesto para Micro.

—¿Sabías que el rey Carlos II se empecinó en medir de la manera más precisa el paso del tiempo? Flamsteed fue nombrado el Observador Astronómico del rey y por eso podemos estar aquí. Un poco después de un siglo de su muerte, el 3 de enero de 1851, se consumó su sueño: la primera observación de una estrella usando como referencia el meridiano, "su" meridiano —todo era muy emocionante, de hecho llegamos al Museo Marítimo Nacional, no muy lejos del Primer Meridiano que consiguió establecer—. Ahora puede verse de noche una línea iluminada que atraviesa una casa típica inglesa con techo de dos aguas. Ése es el punto longitudinal cero del círculo terrestre.

Salí del museo y caminé hacia donde me señaló Micro: hacia el 0°, $0'$, $0''$. Me coloqué justo sobre la línea: era un cero en el Universo. En eso estaba cuando otra vez la voz conocida me llamó por mi nombre:

—Agustín, Agustín…, ¿qué no escuchas?

Volteé y me encontré con Juan, su cara de molestia me regresó a la realidad.

—¿Dónde estuviste todo este tiempo? Te has perdido del recorrido.

Me irritó su regaño delante de la gente que venía detrás de él, se veía que en su recorrido se había convertido en un guía muy solicitado.

—Si me hubieran esperado, los habría encontrado —mentí, con ganas de molestarlos—. No, pero tenían que caminar y comenzar sin mí, ¿verdad?

Mi padre se quedó callado, algo exasperado, pero recobró el ánimo y dijo:

—Es hora de marcharnos.

—Pero primero hay que pasar a la tienda del museo —repliqué, a lo que Juan no tuvo más remedio que asentir y nos dirigimos en silencio a los *souvenirs*.

—Lo siento, Agus, no fue mi intención que te perdieras el recorrido, es sólo que tu papá estaba tan emocionado narrando que nos fuimos adentrando y cuando…

—Sí, sí, ya bájale, ¿no? ¿Qué vas a comprar?

Maca me observó como bicho raro y se fue a elegir sus "recuerditos", yo escogí un llavero con la forma de telescopio; iba a ser un gran recuerdo de mi fabulosa visita perdida.

Mientras salíamos del lugar y miraba la construcción desde afuera, me asaltó la pregunta de Micro: "¿Qué haces en el jardín de las dudas?".

Desde ese momento, el jardín de las dudas se convirtió en mi hogar.

VIII

No sé si el hecho de llevarnos al mercado de Camden Town estaba preparado o no, o si fue una manera de compensarme, tal vez un regalo después de dejarlo visitar la abadía de Westminster para ver la tumba de uno de sus héroes: Isaac Newton. El caso es que el fin de semana empezó en ese famoso mercado, que yo no sabía que existía.

No había mejor manera de llegar a Camden Town que dirigirse a la Pequeña Venecia y, una vez ahí, o bien pagas para abordar una lancha que recorre el canal o lo haces a pie, siguiendo la orilla. Nos tomó alrededor de una hora caminar por debajo del zoológico y la mezquita, entre docenas de edificios y viejos depósitos, al lado de los citadinos que pasaban trotando, caminando, en patines o en bicicletas. Por fin llegamos al otro extremo del canal, donde la gente comía salchichas con papas, bebía chocolate con pan danés, té de diversas procedencias, yerbas macrobióticas, exquisiteces hindúes, platillos vietnamitas, pizzas italianas, tacos mexicanos, sopas chinas. Era todo el mundo en un solo lugar.

El del dinero en este viaje era Macario, pues llevaba un fajo de billetes que le había dado su papá: nuestra intención era guardarlo celosamente para comprar lo mejor en trapos y artefactos hip. Y digo gastarlo, porque realmente yo no llevaba tanto dinero, dependía de la bondad de Juan y de la generosidad de Macario. Así que buscamos como locos todo aquello que tuviera que ver con Gorillaz (cuando regresé, mi madre me preguntaría por qué había gastado en porquerías que podía conseguir aquí). Al ver nuestra codería, Juan se puso espléndido y nos invitó a subirnos a un simulador para experimentar los riesgos de conducir un barco en alta mar.

Ahí aprovechó para reprocharme que me perdí su explicación en el museo.

—Ni siquiera te enteraste de quién fue el primer astrónomo real.

—Ah, creo que lo sé —respondí.

—¿Quién? —preguntó secamente.

—Un tal Flamsteed…

Mi padre se quedó sorprendido, pero seguía molesto.

—No sé, Agustín, desde que inició el viaje te noto poco interesado, retraído, molesto, ¿o no?

—No, no lo estoy. Es tu poca atención la que no te permite ver que no es así —solté volteándome a otro lado.

—¿Poca atención? —prorrumpió—. Este viaje es precisamente para que se distraigan y conozcan más de las ciencias, por ello les estoy cediendo mi tiempo, para explicarles lo que ven. Creí que te gustaba la astronomía, pero ya veo que no estás en el mejor momento para entender, tal vez algún día te interesen realmente las estrellas.

No me dio oportunidad de explicarle, pero la verdad, tampoco quería decirle más. Desde el principio este viaje fue para Macario, dedicado a él, no a mí. Y Juan me lo dejaba en claro todo el tiempo. Después de nuestra breve conversación se clavó dándole detalles a mi primo sobre cómo era que el tiempo avanza o se retrasa una hora cada 15 grados longitudinales, es decir, cuando recorres el planeta hacia el Este o hacia el Oeste. Yo ya conocía eso, por lo que su plática me exaspero más. ¿Por qué me había invitado, si al final creía que no me interesaban las estrellas? Mi padre, perdón, Juan Diego, no tenía ni idea de lo que yo quería y me gustaba. Definitivamente estaba mejor en mi hogar mental.

Y eso del hogar mental me había llegado cuando nos subimos al Ojo, una montaña rusa lenta que, como dije, se encuentra a la orilla del río Támesis, cuyas canastillas cerradas y transparentes transportan a una docena de personas. La visita fue algo especial, qué digo especial, espacial. Nunca se lo dije a mi papá, pero la experiencia era como flotar en un mundo interior, en un hogar mental. La sorpresa me la llevé cuando me encontraba más concentrado en eso del hogar mental y escuché.

—¿Y cuál es ese hogar? —dijo de pronto Micro, desde afuera de la canastilla.

No supe qué contestarle. Él mismo siguió, sin esperar a mi respuesta:

—¿Lo que va de una mosca a una estrella como el Sol? ¿Eso que algunos pedantes llaman "realidad física"?

¡Eso era! La luz, el agua, la lluvia, lo que podemos palpar. Lo que en ese momento ocupaba mi cabeza era lo que estaba frente a mí, en el Ojo: Maca, Juan Diego, los otros turistas. Todos cabíamos en la percepción de las moscas. Todos podíamos ser engullidos por el Sol. Por desgracia, cuando más ido estaba, mi primo activó su cámara y tuve que acercarme a mi papá. Micro volvió a quedar atrás, en el tiempo que, según creía, algún día habría de ser recuperado. Antes de esfumarse alcanzó a advertirme:

—¡En el Universo importa el tamaño de las cosas, no lo olvides!

¿Algo así como "todo cabe en un jarrito si lo sabes acomodar?". En ese momento no lo entendí.

La segunda foto me distrajo: era yo el que debía enfocar a Maca y a mi papá, y accionar la cámara. No les dije, pero quité la función de ojos rojos: salieron como zombis, como muertos vivientes pululando por Londres mientras se preguntaban cuántos mundos necesitaban visitar antes de purgar su condena. Esos cuentos le gustaban a Maca. La foto se convertiría en un buen recuerdo.

Intentamos que Juan nos dejara caminar por el antiguo mercado de caballos, pero fue imposible. La tía Sara y mi madre le habían hecho jurar que sólo se despegaría de nosotros si íbamos a hacer del dos. Por mi parte sí hubo problema: Micro se estaba convirtiendo en un buen cuate.

Fuimos al Horse Tunnel Market, "el Templo" de Camden Town. Cuando entré, quise hincarme. Era como llegar a la Meca del hip hop. Mi papá comprobó la situación del lugar: había una puerta que hacía las veces de entrada y salida, pues los viejos establos apenas estaban acondicionados para vender ropa y juguetes. Juan se acomodó en el mostrador, junto a la caja. Los vidrios dejaban ver una enorme cantidad de ganchos, pines, etiquetas, series luminosas con forma de extraterrestres. La muchacha que atendía el mostrador tenía tatuados algunos planetas en el cuello y no tardó nada en empezar a platicar con el canijo viejo.

Maca y yo nos metimos entre los anaqueles de ropa a escudriñar. Después de un rato descubrí una chamarra negra que tenía un estampado de los Gorillaz en la espalda. Caminaban por el desierto, también de espaldas, si bien por el rabillo del ojo miraban el rastro que dejaban. Quise probármela y fui a buscar a alguien que le quitara el seguro. No quería recurrir a la chica del mostrador, pero no me quedó de otra. Y vaya sorpresa, Juan y la chica del mostrador no daban señal alguna. Me irritó doblemente: no había quien me mostrara la chamarra, y la supuesta responsabilidad de mi padre era un fantasma. Había dejado de ser un niño, pero se supone que nos estaba cuidando. Por fin encontré a un chico todo tatuado que me ayudó a sacar la chamarra. Me quité la sudadera que llevaba, me la probé ahí mismo ante un espejo y comprobé que me quedaba lo suficientemente grande como para verme *grunge*. Busqué a Maca, deseaba que viera con ojos de aprobación lo rebelde que me veía, pero estaba entretenido viendo no sé qué minucias electrónicas. De pronto una playera con un asteroide dirigiéndose a la Tierra me llamó la atención; literalmente me sacó de la tienda y me condujo a mi "hogar mental", ése al que me estaba yendo con una frecuencia inesperada.

—¿Y qué harías si en este momento cayera un asteroide? —me interrogó Micro.

La pregunta me tomó por sorpresa. Nunca me había imaginado ese supuesto, siempre había pensado que si caía uno, los microbios contagiarían a la raza humana y crearían zombis que acabarían con la población. Pero nunca que cayera donde yo estaba.

—Buscaría a mi familia para refugiarnos.

—Imagina que estás solo.

—¿Como ahora? —Micro asintió.

Un sentimiento de angustia, de orfandad, me surgió y tuve miedo de verdad de estar completamente solo.

De pronto salí de mi cavilación y caminé en busca de mi padre. Lo vi al fondo de la tienda, la chica del mostrador no estaba. Me fui hacia él como una flecha.

—¿Dónde estabas? —espeté tan fuerte como me fue posible.

—¿Qué te pasa? Sólo me moví de lugar, no me he ido de aquí.

—Pues te busqué y no te encontré —al pronunciar estas palabras me acordé del rosario de preguntas que me hacía Ruth: "¿qué estaba haciendo?, ¿qué… con quién… cómo…?".

Juan guardó silencio, en eso salió la chica del mostrador de una puerta trasera. Yo sólo vi a Juan y le dije que quería la chamarra. Juan reclamó, aunque poco convencido, pues sabía que yo imaginaba estrellas donde tal vez había asteroides.

En tanto, Macario ya se había comprado todo lo que tuviera luces led y demás artilugios electrónicos en forma de naves, aves y jarabes.

Lo de las naves lo entendía. Pero ¿aves?, ¿jarabes?

—Yo creo que voy a estudiar para biólogo, primo —replicó cuando vio mi cara de *What?*

—¿Y los jarabes?

—No sé, tal vez me decida por la farmacia.

Pensé que se le estaba zafando otro tornillo. Si así fuera, ya eran dos. Sin embargo, al examinar las cajas iluminadas en forma de medicinas y sustancias químicas de siglos atrás, descubrí que no resultaban tan desagradables. De hecho, despertaban admiración porque estaban bien hechas y elaboradas con ingenio. Hasta que se apagaban y no volvían a encender. Eso sucedió en lo que salimos del Camden Town y nos subimos al autobús rumbo al noreste de la ciudad. Aun así, Macario las guardó satisfecho en su mochila.

Dejamos el autobús frente al parque Finsbury. Quisimos entrar pero ya lo iban a cerrar. Nos tuvimos que conformar con las papas fritas y un trozo de pescado rebozado que Juan nos invitó en un puesto modesto, de apariencia marinera, que estaba no muy lejos de nuestro hotel. La cena me cayó de peso y empezó a llover. Lo único que me salvó de una noche horrorosa fue la noticia que nos dio Juan:

—Mañana vamos a la tierra de los legos.

Maca y yo sonreímos, era un sueño de niños hecho realidad (aunque ya no éramos tan niños, los dos siempre quisimos conocer el parque Legoland de Windsor).

Por fin llegamos a un museo nada serio, con bullicio de niños y papás y abuelos y tíos; era la locura. Vimos una reproducción de la corona de la reina Isabel II (aburrido) y de docenas de personas famosas, como Michael Jackson y Madonna (faltaba Gorillaz).

Hasta aquí todo transcurría de manera frenética, pero normal. Incluso, cuando manejamos pequeños barcos a control remoto y nos empapamos en el río vikingo, era un domingo típico en esta parte del mundo. Sin embargo, cuando nos metimos en el laberinto de Loki…, me perdí una vez más. Pero esta vez con toda la intención. Ya no era un niño y quería disfrutar de la libertad que me daba tomar mis decisiones sin estar jalando con Juan y Macario cuando querían ver otra cosa.

En medio del laberinto estaba un quiosco, que permitía observar el panorama. Si bien no se trataba de un jardín tan grande como el de Greenwich, hubo un instante en que perdí de vista a la gente, pues los arbustos sobrepasaban mi estatura.

Disfruté de la soledad que un día atrás me había dejado paralizado. Vi a las familias y a los niños. Y me sentí niño otra vez, corrí por el laberinto como loco, asustando a los chamacos con los que me encontraba. Me estaba divirtiendo a lo grande cuando me topé con Juan y Macario, venían de comprar un lego, así que me vieron con cara de reproche:

—Creo que ya se te está haciendo costumbre perderte —señaló Juan.

—Sólo lo necesario —mi respuesta lo sorprendió. Hizo como si no hubiera oído nada y me dio una caja de lego que reproducía el contorno cósmico, es decir, los cúmulos de galaxias conocidas hasta ahora en tres dimensiones. No pude decir nada porque al principio no quería dar las gracias, pero cuando ya lo iba a hacer, una señora metiche interrumpió:

—¡Pero, qué maravilla!, ¿cómo lo habrán hecho? ¡Ay, señor, dispénseme que me meta pero no pude evitar ver esta maravilla. ¡Ya sabe, una de entrometida! —a todos nos sacó de onda la señora entrada en años y gorda que, muy vivaracha, no dejaba de mirar a Juan. Maca y yo sólo la vimos con risa contenida.

—Eh, un cosmólogo mexicano, un buen amigo, Carlos S. Frenk, durante más de diez años alimentó una supercomputadora con información real proveniente de diversos telescopios del mundo.

—¿De dónde? —interrumpió Maca siguiéndole el juego a la señora.

—De Hawái, del desierto de Chile, de México, de Canarias y otras partes. Con esos datos se hizo esta nube de materia luminosa.

—¿El resto es oscura? —pregunté para molestar.

—Así es —contestó incómodo Juan, y como si la señora nos siguiera también el juego, preguntó:

—¿Y de qué está hecha esa materia oscura?

—Nadie lo sabe todavía, señora —y se despidió de ella como si se sacudiera el polvo. El resto del camino guardó silencio.

Al día siguiente, un taxi donde se podía bailar de pie nos llevó a la estación de Waterloo. Se me caía la baba, parecía del futuro. Abordamos el tren que corre por debajo del canal de la Mancha, rumbo a París. Hubo varios minutos en los que se me taparon los oídos y comenzó a hacer frío. Mi papá sólo señaló que la presión era enorme, pero que pronto pasaría.

Los días en que Juan estuvo en un congreso fueron verdaderas vacaciones. Le escribía a mi madre y siempre salía con la misma de "cuídate", "no te pierdas otra vez", y blablablá. Así que un día, por recomendación del padre de Maca, fuimos a la isla de San Luis a comer delicias. Nunca probé mejores helados, nieves y raspados.

Tengo que reconocer que en este viaje Juan se estaba luciendo. Se notaba su esfuerzo por disfrutar de largos ratos con nosotros, aunque a veces su humor no era el más accesible, sobre todo después de regresar de los congresos y tener que ponerse a escribir en una habitación con dos jóvenes aburridos. Y fue ahí donde me enteré de que estaba acostumbrado a pasar semanas enteras leyendo libros y escribiendo en su computadora (y yo que lo hacía de parranda con mujeres cuando no iba por mí. ¡De veras, Agustín, qué mal pensado!).

El último día en París nos llevó a la Ciudad de las Ciencias. El viaje en Metro duró casi una hora, pero valió la pena: pudimos admirar la enorme esfera geodésica, en cuyo interior hay una pantalla de 180°. Platicamos con el robot Félix, sorprendidos de cómo podía hacerlo. Macario cambió de opinión y decidió que estudiaría cibernética.

Algo que nos puso realmente a alucinar (como solíamos antes de entrar a la secu) sucedió en una sala en la que nada había, salvo un marco rectangular, de unos dos metros de alto por uno y medio de ancho, relleno de vidrio. Nos congregamos alrededor del marco y de pronto escuchamos un sonido, como un latigazo de metal, y vimos iluminarse un rayo en la pantalla de cristal. Una segunda descarga nos intrigó aún más. Juan no esperó a que empezáramos a preguntar.

—Son muones que acaban de atravesar la Tierra, pero vistos a través de un detector de partículas —al ver nuestros ojos como platos, igual que a los demás pegotes que fuimos acumulando en el recorrido, continuó—: Los muones son pequeñísimas partículas, mil veces más ligeras que los electrones que ustedes ya conocen (yo sí, lo pegotes no creo). Lo hacen cada dos o tres minutos.

—¿Muones?

—Así las llamaron para que fueran fáciles de recordar, las ligaron a una letra griega que todo el mundo pudiera reconocer, y le tocó a mu (μ). De hecho, pertenecen a la misma familia que los electrones y también tienen carga negativa.

—O sea —agregó el pesado de Maca—, ¿quieres decir que no tienen estructura interna de quarks?

—¡Exacto, Macario! —mi papá también se puso sangrón—, algunas partículas más pesadas forman otras familias, como las que nos constituyen a nosotros.

—¿Y de dónde vienen? —pregunté, en realidad para no quedarme atrás.

—Es radiación cósmica, probablemente surgida cuando comenzó la Vía Láctea.

Juan me agarró unos mechones de cabello, que ese verano me estaban creciendo a la velocidad de los muones. Me zafé en cuanto pude. Lo bueno es que algo había heredado de mis abuelos: tenía disposición para seguir el juego. Aunque no olvidaba mi molestia.

Más tarde partimos hacia Toulouse en un automóvil que Juan Diego tuvo el tino de rentar. Macario y yo lo disfrutamos como nunca: cuando cruzamos por el periférico y luego sobre el puente de Millau gritamos como locos. A falta de reproductor de música nuestras entonadas voces sirvieron para acompañar el recorrido cantando letras de Gorillaz. Era un sitio maravilloso y la sensación de estar volando fue inigualable.

Juan prometió llevarnos a la Ciudad del Espacio, que se encuentra en las afueras de la ciudad, para experimentar la gravedad cero, navegar en la nave Soyuz y subirnos a los simuladores. (Ni qué Disney World ni qué nada, ¿por qué no me llevaron antes?) Para la noche era un hecho que ya habíamos dejado de ser unos niños: estábamos agotados.

Al día siguiente, Juan apenas nos dio tiempo de descansar del largo viaje, a pesar de que con el puente se ahorraban varias horas de camino por la montaña: nos metió en una cabina y durante cinco minutos nos hicieron volar como si estuviéramos en la Luna. También fue emocionante comunicarnos con la estación rusa y palpar la magnitud de los cohetes Ariane.

Esta parte del viaje fue inolvidable, pues hasta cazuela de pato comí. Después continuamos nuestro viaje y seguimos la ruta planeada de Juan hacia Cataluña. Cruzamos los Pirineos y nos adentramos por un lugar cuyo nombre nos hizo reír a Macario y a mí, Puigcerdá, mientras que a mi papá lo obligó a intentar darnos un zape. Bajamos por la ruta de la Costa Brava en un atardecer de luces pálidas y calor creciente. Nos adentramos en la ciudad y nos hospedamos en un hotel que olía a nuevo. Enseguida abrí la computadora de mi papá y nos reportamos con México. Luego Juan le llamó a Jordi y a Catalina, la mamá de Poli. Los veíamos esa noche para cenar.

¡Guau, vería a Poli de nuevo! No puedo negar que sentí ñáñaras nomás de saber que iba a volver a verla. Pero estaba lejos de experimentar la emoción de los adultos durante un reencuentro amoroso. Tenía más interés en saber cuánto había cambiado, a dónde iba cuando se aburría y qué hacía para sentirse bien. Todas mis dudas fueron aclaradas esa noche, porque en Barcelona (y en toda España) durante el verano hasta los niños andan de pie en la madrugada.

Dado que el departamento (aquí le dicen piso) de Jordi y Catalina estaba a unas cuantas cuadras, caminamos hacia allá. Jordi conocía un atajo por los jardines. Al otro lado estaba un hospital muy concurrido y una estación de Metro. Cuando llegamos, frente a un mercado, sólo nos faltaban unos cuantos pasos para llegar al enorme portón de un viejo edificio, limpio y remozado, mientras a mí me sudaban las manos.

Durante el trayecto la vi caminando segura y feliz. Poli se había estirado, y se veía muy bonita, creo que hermosa. Sentí que no me salían las palabras y ella fue la que inició la conversación: prometió que me llevaría a la feria que habían instalado en un monte, el Tibidabo. Dijo que le gustaban mis greñas. Me regañó porque no le había escrito lo suficiente (una que otra platicadita en línea y nada más). Sugirió tareas para superarnos como personas. "Chispas", pensé, "como si no tuviera bastante con apoyar a mi primo". Esto, sin contar con mi empeño en convertirme en el autor intelectual de la reconciliación de Juan y Ruth. Bueno, la verdad ya no estaba tan seguro de ello.

Tan cansados nos sentíamos Macario y yo que nos quedamos dormidos después de la cena. Poli se decepcionó un poco por nuestra "poca marcha", nos lo confesó al otro día, pues Juan no quiso despertarnos y mucho menos que saliéramos en la madrugada. Durante el desayuno nos dijeron que mi papá vendría en un rato por todos, excepto por Jordi, quien tenía negocios que atender. Iríamos a la Escola Octavio Paz, donde estudiaba Poli y donde Juan había sido invitado a dar una plática sobre Julio Verne y las estrellas.

Para mi papá tenía un significado particular dirigirse a niños en la escuela que llevaba el nombre de una persona con la que había conversado... de estrellas. Ruth también estaba muy contenta y me pidió que grabara el evento. Se me hizo exagerado, pero acepté, no porque estuviera convencido sino porque no me quedaba de otra (en realidad no lo hice). También pidió que nos tomáramos una foto junto al busto de Octavio Paz que había visto a un lado de la entrada en la página de internet de la escuela.

Salimos bien especiales en esa foto: todos con los ojos rojos.

IX

Gracias a Diego Celorio, quien en ese entonces trabajaba en el consulado mexicano, mi papá y la mamá de Poli habían logrado organizar una conferencia en la Escola Octavio Paz, que contaría con la presencia de los alumnos y sus padres, los profesores y directivos. Y es que, según nos dijo la mamá de Poli, la directora fundadora, quien por desgracia había fallecido, era una entusiasta de la cultura mexicana y había firmado un convenio con la escuela normal de Jalapa, de manera que hubiera un intercambio de niños entre la escuela anexa y la Octavio Paz. Al parecer Juan Diego contaría con un amplio público, de sólo imaginarlo me dieron ganas de hacer pipí.

Al entrar en el auditorio, me llamó la atención que unos chicos nos saludaran levantando el brazo y dirigiéndose directamente hacia nosotros: eran Drogba Rashid y Montse, que se acercaron con sus padres a saludarnos. ¡Por fin se materializaban!

Fueron unos saludos apresurados porque la conferencia tenía que empezar. Todos ocupamos nuestros lugares. ¡Y la función dio inicio!

La directora presentó a mi papá, quien, sin mayor preámbulo, comenzó a hablar con su voz de terciopelo para embelesar a las personas que asistían a su charla.

—A Julio Verne se le recuerda por sus novelas de viaje, en las que su guía era el conocimiento científico de la época. Nació en 1828 en la Bretaña Francesa, en la ciudad de Nantes, a orillas del río Loira, muy cerca del Océano Atlántico, no muy lejos de aquí, ¿verdad?

—Pues le diré… —opinó una señora del público, con cara de escéptica.

—Si nos ubicamos en México, ya no es tan lejos, ¿cierto?

—Vale —contestó la señora, con una sonrisa conciliadora.

—El hecho es que el mar lo atrajo desde su nacimiento. Fue hijo de un procurador adinerado que lo animó a leer sobre ciencia. Se cuenta que, a los doce años, intentó colarse como polizón en un barco que se dirigía a las Indias, su intención era buscar un collar de coral para regalárselo a una de sus primas. Después de ser descubierto, regresó a su casa, donde fue amonestado. Su padre le hizo jurar que nunca más lo volvería a hacer. "Sólo viajaré en mis sueños", le dijo.

Y entonces Juan Diego volteó a verme. Algunos de los oyentes también voltearon hacia donde dirigió su mirada. Quise que me tragara un hoyo negro. Lo bueno es que Juan no podía dejar de hablar. Era como yo, o más bien, yo era como él. Y siguió diciendo:

—De alguna manera, Verne cumplió su palabra, pues si bien cuando se hizo adulto ya era un escritor famoso realizó varios viajes, sus aventuras más conocidas fueron estrictamente literarias. Sus obras están basadas en la necesidad de construir un mundo más habitable, en la voluntad de transmitir los valores de la ciencia a los jóvenes. Verne perteneció a una generación de escritores que nació bajo el espíritu del inventor Thomas Alva Edison, cuyo lema era: "Echando a perder se aprende".

La gente se rio. La audiencia era heterogénea, de varias nacionalidades y razas. (A mi regreso, mi madre quedó encantada con la variedad de mis fotos, pese a que algunas salieron movidas y en varias salimos con los ojos rojos.) Juan Diego continuaba en lo suyo.

—Hay quienes piensan que Verne no viajó como lo hizo en sus libros. En realidad, hizo varios viajes por barco a las islas británicas y Escandinavia, entre 1858 y 1862. Más tarde, en 1867, efectuó un viaje trasatlántico a bordo del *Leviathan*, el buque de pasajeros más grande del mundo en aquel entonces, que cubría la ruta desde el puerto inglés de Southampton a Nueva York. Esta experiencia quedó plasmada en un relato: *Una ciudad flotante*. A su regreso a Europa visitó la Exposición Universal de París en 1867. Las novedades que ahí se mostraron lo inspiraron para escribir una de sus novelas más conocidas: *Veinte mil leguas de viaje submarino*.

Todos aplaudieron al unísono. Como decía mi mamá: "Qué bonito es lo bonito". Mi padre siguió hablando y cautivando al público con su conocimiento, con su experiencia, me sentí contento de ser su hijo, más tarde me daría cuenta de que también era una gran responsabilidad.

Al terminar la conferencia, vino la sesión de preguntas y fue sorprendente la respuesta del público. Hubo gente que preguntó cosas muy rebuscadas y otras que sacaron de onda a todo el mundo, como la pregunta que hizo Poli:

—¿Puede decirme si los planetas danzan?

Juan sonrió con una enorme satisfacción al reconocer a la veracruzana bañada por el sol del Mediterráneo. Se quedó pensando y dijo:

—Me gustaría que lo descubrieras por ti misma —y la invitó a subir al pódium, la tomó del brazo y comenzaron a bailar dando unos pasos de baile popular.

Todos aplaudieron y rieron de buena gana, excepto yo, claro está. Debo reconocer que, aunque me molesté, fue una forma muy elegante de evadir la pregunta. Tenía que reconocerlo.

Para finalizar, invitó a todos los presentes a formar parte de la expedición al Instituto de Astrofísica de Canarias donde se llevaría a cabo "La gran noche de las estrellas". Las personas interesadas podrían integrarse de forma personal o a través de las transmisiones en vivo desde los observatorios en Tenerife y La Palma que se proyectarían en varios planetarios, museos y centros de ciencia de España. Para Macario esto era como música traída del cielo por los ángeles de la cibernética.

En ese momento creímos que cerrábamos con broche de oro nuestro viaje, pero no imaginábamos que lo que sucedería sería realmente alucinante.

Drogba Rashid y Montse se unieron a nuestro grupo, ya éramos cinco: Poli, Maca, Drogba, Montse y yo. La directora se disculpó por no poder acompañarnos en persona, pero aseguró que sería una telespectadora muy puntual.

Más tarde fuimos a celebrar a la Cervecería Catalana, ahí mi papá nos presentó a un entrañable amigo que es escritor: Juan Antonio Villoro. Con él me enteré de que cuando ambos eran chicos, les encantaba inventar artefactos, ingenios solidificados, hipótesis, relatos, sueros de la verdad, novelas. Desde muy jóvenes compartían el impulso de descubrir territorios donde nadie había estado.

Al principio no lo ubiqué, hasta que mi papá me dijo que era el creador del profesor Zíper. ¡Guau! ¡El creador del libro que me leían de niño! De repente una montaña de recuerdos se vino a mi mente: las mortadelas, el grupo Nube Líquida, el profesor Cremallerus…, creo que en ese momento me volví a presentar con él. Y creo que hice el oso de la noche.

Al otro día nos fuimos de día de campo a una casa que se levantaba sobre el casco de una vieja construcción campesina que los dueños rescataron, la llamaban masía. Como el clima era benigno, Jordi llevó algunas botellas, lo cual todos celebraron (menos nosotros, ya que no nos dejaron beber una gota, codos). Fue ahí donde conocimos a Inés, la hija de Villoro.

Congeniamos de inmediato con ella. Macario y yo estuvimos de acuerdo en que Inés dibujaba padrísimo. Además, sabía chisme y medio de *Los Simpson*, y tuve la impresión de que no le disgustaban los Gorillaz, aunque era muy apresurado preguntar en ese momento. Con Maca habló sin problemas de computadoras, por lo que esa misma tarde pensé que era una candidata seria para unirse a la banda. Mi primo estuvo de acuerdo.

Unos cuantos días más tarde, el papá de Inés hablaría sobre las palabras derivadas de la luz, como foco y bombilla, en el auditorio de un edificio poco ordinario, un tanto retorcido pero armonioso. Según nos enteramos, el señor Gaudí lo había construido hace muchos años. Mientras los adultos hacían sus presentaciones y demás, Jordi nos llevó, junto con Inés, Poli, Drogba y Montse, a los juegos del Tibidabo. Nos subimos al círculo (diseñado para los que descubren el placer en medio del sufrimiento): un armatoste mecánico en el que te suben por una línea pegada en los dos extremos formando un redondel y, a menos que te muerdas un brazo o una mano, cuando te sueltan no puedes aguantar las ganas de hacer del uno.

Otro día fuimos a visitar a Santos Santana, un amigo de mi papá que vivía con su esposa Elisenda en San Cugat del Valle, un pueblo a media hora de Barcelona. A ellos les tocó acompañarnos a dar una vuelta. Ahí conocimos un antiguo monasterio donde la gente escuchaba la lectura de poemas y comía bocadillos acompañados con vinos. Desde la calle vimos el bar donde a veces pasaban los jugadores profesionales del equipo barcelonista a tomarse una cerveza con la gente. Elisenda nos consintió: hizo paella y crema quemada, que tanto me gustaba y que mi mamá también sabía preparar. (Extrañé mi casa, y a mi mamá, creo que me salió la mamitis.)

Después de la visita de las siete casas, por fin llegó el momento de alistarse para el viaje a las Canarias, un lugar enigmático y lleno de contrastes. Una noche antes de partir, platiqué con mi mamá por el chat y me hizo saber que el archipiélago de las Canarias está localizado frente a las costas marroquíes de África y que está formado por siete islas: Tenerife, La Palma, Gran Canaria, Lanzarote, El Hierro, Fuerteventura y La Gomera. Cuando se lo platiqué a Macario, nos reímos de mi papá al recordar lo de las siete Pléyades. Y fui a molestarlo (sin darme cuenta del todo, ya no me sentía tan molesto con él, tampoco me sentía tan solo, incluso las ansias por ver a Micro habían disminuido):

—¡A ver si no hundes cuatro islas, pa!

Según me dijo mi madre, la leyenda cuenta que estas islas eran parte de la Atlántida. Y que por allí pasaron fenicios y romanos y, al igual que los navegantes portugueses, disfrutaron de sus ventajas y las convirtieron en el punto cero de sus cartas de navegación.

También me contó que el explorador Jean de Béthencourt intentó conquistarlas por primera vez en 1402 y logró establecerse en Lanzarote, Fuerteventura y El Hierro. Y que noventa años después de Béthencourt, Colón aprovechó los problemas en sus naves para detenerse en La Gomera y visitar a una persona muy querida antes de continuar su primer viaje al Nuevo Mundo. Y que el almirante británico Nelson perdió su brazo derecho en 1797 durante un intento de asalto a Tenerife; y que la pieza de artillería, *El Tigre*, aún se puede ver en la bahía de Santa Cruz. Me pidió que fuera a verla. ¡Vaya si los lugares tienen historia, así sí se aprende!

Desplazar al grupo no era cualquier cosa. Los papás de Inés se comían las uñas de nervios: era la primera vez que viajaba sola. Teníamos que llegar al aeropuerto, padecer los retrasos y luego cruzar toda la península, desde Barcelona hasta la isla de Tenerife, volando por más de tres horas. Una vez allá, María y su mamá, Argelia, nos recogerían en el aeropuerto del sur y nos hospedarían en su casa de La Laguna, mientras que mi papá alquilaría una habitación en un hotel de la Plaza del Adelantado.

En el avión noté que Macario iba poniendo cara de tieso. Desde que María subió su foto a la red, veía cómo se aceleraba y se le caía la baba. En el momento en que iba a fastidiarlo, el avión empezó a sacudirse. Preferí callarme y cerrar los ojos.

X

Frente al mercado de Nuestra Señora de África, en Santa Cruz de Tenerife, una pareja de ancianos estaba sentada en una banca y almorzaba pan relleno de plátano. Adentro de la tienda vendían dulces gomeros, que María compró para que todos los probáramos. En los negocios cercanos despachaban especias y en otros, butifarras. Algunos dueños de changarritos surtían a sus clientes de empanadillas y arepas, aunque éstas habríamos de comerlas en casa de María, pues su mamá era de Venezuela.

—Mmm…, se aproxima la calima —dijo María.

—¿Qué es eso? —preguntó Macario, observando hacia donde miraba ella, antes de que alguien se le adelantara.

—¿Ves ese polvo? —le contestó, señalando en dirección al Oeste—. Viene del continente africano, del Desierto del Sahara, hace que el verano sea pesado como un chorizo.

También había "virujillo", como le dicen los canarios al viento constante que cala hasta los huesos, aunque no estábamos en invierno. Pero nada de eso parecía incomodar a mi primo: se había pegado a María como una lapa, y a ella parecían gustarle los chaparros.

Macario cambiaba de colores conforme ella le pedía cosas, o cuando no le pedía nada. Si deseaba ir a las cañadas de Tenerife, Macario se ponía más blanco de lo que era, o si se le antojaba jugar palo canario, él se ponía rojo. Él, que nada sabía acerca de esa geografía abrupta, y menos de ese juego ancestral que jugaban los bereberes en el desierto africano, a todo le decía que sí. Y ella se reía presunciosa de mi atolondrado pariente.

Después del paseo regresamos a comer a la casa de María. Desde ahí se podía mirar el puerto de la Santa Cruz. Era sorprendente sentir el calorcito cuando caminábamos por el mercado, mientras que, a la misma hora, acá arriba había que andar de suéter. Esa vez, ni estando en el barullo ni solo pude encontrarme con Micro, ni logré esconderme en mi hogar mental. Era como si algo me jalara a mi realidad. Resultaba extraño que las cosas y mis emociones cambiaran de un momento a otro.

Al día siguiente, muy temprano, fuimos a dar un paseo en *segway*. En fila india con los artefactos que se mecen por inercia, en un constante acto de balanceo, nos desplazamos por un cráter volcánico que colapsó hace unos doce millones de años y produjo una depresión de diecisiete kilómetros de largo. Conocimos los pinos canarios que vinieron de América y se adaptaron a las severas condiciones del lugar, de tal manera que ahora son resistentes al fuego; son esos que cuando hay un incendio, sólo se ahúma su corteza, la cual se cae con el tiempo y de nuevo aparece el árbol intacto. Cruzamos senderos ríspidos por los que caminaron los antiguos habitantes de Tenerife, los guanches.

Juan no nos acompañó, tenía trabajo que hacer. Por un momento me sentí triste ahora que lo sentía tan cerca, pero, aunque hubiera vivido con él la mayor parte de mi vida, me daba cuenta de lo que realmente implicaba su trabajo, lo cual me hizo sentir más tranquilo, aunque un pensamiento egoísta pasó por mi cabeza al considerar que tal vez Micro pudiera acompañarme. Sin embargo, mientras más pensaba en él, menos se aparecía. Así que con el resto pasé una jornada tinerfeña redonda, o mejor dicho, picuda, pues muchas de las formaciones rocosas eran afilados y puntiagudos restos de lava volcánica.

Mientras admiraba esas formaciones sobrecogedoras volteé a ver al grupo y tuve la impresión de que algo había cambiado. En realidad, ¡todos habíamos cambiado! Ya no me parecía estar solo en el mar de dudas y celos, ahora creía que algo me unía a Juan sin que él tuviera que apersonarse. Me sentí realmente satisfecho con mi vida y con lo que estaba sucediendo. Sonreí y seguí mi camino.

Después fuimos a la asfixiante galería subterránea de Piedra de los Cochinos, donde nos veíamos espectrales. Drogba se había alejado del grupo y tenía la cara larga, parecía un zombi africano, un descendiente de los bereberes que vinieron a estas islas.

Fui a preguntarle qué le pasaba. Al principio no supo qué contestarme. "Es una sensación triste", me dijo después de pensarlo un momento, "como si hubiera estado aquí dentro, con una humedad insoportable, pero sin saber cuándo ni por qué". Entonces convoqué a Macario y a las chicas para darle una sesión de pamba en cuanto saliéramos de ese lugar infernal. Le dije que era un ritual azteca, aunque en el fondo sólo quería que se le pasara lo zonzo.

Muy pronto salimos del hoyo: era fácil perderse y en algunos túneles había emanaciones de gases tóxicos. Afuera, Argelia nos mostró unas plantas exóticas, muy altas y puntiagudas, con extrañas y numerosas flores en la parte superior, mientras que en la parte baja presentaban hojas verdes y punzantes. Nos dijo que se llamaban tajinastes rojos. Macario se acercó a mí para musitar:

—Las trajeron *ellos*.

—¿Quiénes?, ¿los zombis?

—No, babas, los alienígenas.

—No creo, tal vez Micro sepa…

—¿Quién?

—Un cuate.

—Sale —me dijo no muy convencido (todavía me pregunto si no fueron celos lo que vi en sus ojos, pero ¿celos de qué?, ¿de mi amistad?).

La caravana de *segways* regresó por donde vino.

Juan nos advirtió que, al día siguiente, haríamos un paseo muy especial guiados por un querido amigo suyo y colega: debíamos estar preparados temprano y con un desayuno en la panza, pero sólo en el caso de Inés, Montse, Drogba, Poli, Macario y yo, pues María tenía que cumplir compromisos familiares.

Muy temprano escuchamos el motor de un automóvil grande que remontaba la calle, empinada como todas las de La Laguna. Luego sonó el timbre. Cuando bajamos, vimos a mi papá esperándonos con la puerta abierta del copiloto de un auto deportivo blanco, pesado y con los muelles casi a ras del piso, llantas un poco más anchas de lo normal y rines de una aleación de nosequé con titanio. No pudimos ver al dueño del auto, pero a mí me intrigó saber cómo sería ese aventurero.

—Vengan, les presento al doctor Francisco Sánchez.

Vimos salir del vehículo a un hombre robusto, de piel tostada por el sol, cuya figura erguida, aunque no muy alta, lo hacía parecer más joven de lo que era, pues ya peinaba canas. Se quitó los lentes de sol para saludarnos. Me acerqué con curiosidad. Al escucharlo platicar durante el trayecto me agradó su mesura, su buen humor y la calidez con que trataba a mi papá. Juan me dijo que Paco, como lo llamaban sus colegas y colaboradores, era una persona que se había ganado el cielo, "en palabras de tu madre", remató el muy caimán.

Paco nos llevó a visitar el complejo de observatorios del Norte de Europa, localizados en las alturas del Teide, el volcán extinto que en su momento dejó un rastro de lava, la cual despierta la sensación de estar en la Luna. De hecho, se trataba del tercer volcán más alto del planeta. Me llamó la atención la soledad del lugar y volví a evocar a Micro, pero no apareció. Paco llamó nuestra atención mostrándonos a lo lejos las cañadas.

—Ahí empezó la aventura.

—¿A qué se refiere? —preguntó Inés.

—En 1856 vino a la isla un joven astrónomo escocés, Charles Piazzi Smyth, junto con su esposa y geóloga, Jessie Duncan. Charles consiguió dinero para organizar la primera expedición astronómica en

Canarias, lo que abrió una puerta que hasta ahora no parece cerrarse, sino más bien ampliarse, con la colaboración de gente como Juan Diego.

—Pero ¿me late que usted no estaba en ese momento, ¿verdad? —dijo Poli de forma pícara.

—Claro que no, cariño —contestó Paco, sonriendo—, yo vine un "poco" más tarde. En 1856, Charles y Jessie, junto con otros, cargaron en mulas dos grandes telescopios traídos del observatorio de Greenwich.

Al menos Maca y yo asentimos. Ya tenía más lógica el hecho de que fuéramos primero al meridiano cero. Paco siguió su relato.

—No sólo cargaron los instrumentos para observar el cielo, sino que llevaron provisiones a tres mil metros de altura. Y allá arriba tuvieron que acomodar piedras y formar una cerca con objeto de protegerse del viento. A lo largo de sesenta y cinco días, Charles, Jessie y sus ayudantes trabajaron sin descanso haciendo mediciones del clima local y realizando observaciones de la Luna, de algunas estrellas y del Sol, con novedosos instrumentos, para en su tiempo, claro.

—¿Y luego qué pasó? —interrumpió impaciente Drogba, quien al parecer era el más interesado en aprovechar el viaje.

—En 1910 vino el francés Jean Mascart y se hospedó en una primitiva residencia de Guajara, uno de los cuatro picos más altos de Tenerife. Ahí fotografió al cometa Halley —del que todos ustedes han escuchado hablar. Él fue el primero en concebir la idea de instalar aquí un observatorio astronómico internacional… pero se le atravesó la Primera Guerra Mundial.

—Mala suerte —dijo Maca, el sabelotodo.

—Pues sí…

—Y aquí es donde entra Paco —intervino mi papá—, porque deberán saber que, aprovechando que el eclipse de Sol de 1959 despertó tanta curiosidad en la gente, él revivió la idea. Hizo lo mismo que Charles Piazzi, se trajo a su familia, la instaló en una casa a 2,400 metros de altura en un lugar donde se colaban la nieve y el granizo, y consiguió completar un diagnóstico para saber si se podían o no poner telescopios en la isla.

Nos quedamos de una pieza. Tal vez a mí no me hubiera gustado que me sacaran de la comodidad de mi casa para ver si era o no bueno montar un telescopio.

Paco manejaba y mantenía una leve sonrisa en la boca.

—Nuestro anfitrión convenció a los astrónomos de varias partes de Europa —siguió mi papá—. Les dijo: "Si sus gobiernos y universidades ponen los telescopios, España pone el cielo". El primero se inauguró en 1964.

—Ya llovió —dije, citando los dicharachos de mi abuelo. Pero la intromisión le desagradó a Juan, que me vio con reproche. No le sostuve la mirada y me volteé para otro lado; los demás habían interrumpido y yo no podía decir nada: ¡no podía poner en mal al señor astrónomo!

—Ahora vean lo que consiguió —continuó.

Cuando volteamos hacia un costado de la carretera, comenzamos a distinguir la silueta de los edificios que albergaban los diferentes telescopios que franceses, británicos, alemanes, italianos y españoles han construido, primero en Tenerife desde 1964, y luego en La Palma desde 1985. Según mi papá, muchos otros países se habían beneficiado de la existencia de este complejo astronómico, entre ellos México. Desde Portugal a Armenia, pasando por Ucrania, Taiwán y Estados Unidos de América, eran socios activos. Paco había puesto a trabajar un montón de "cielodólares".

Durante un instante los observatorios me parecieron fortalezas de una raza de extraterrestres. Paco decidió tomar el camino que conducía a uno de ellos, un trapecio y una pirámide blancos que albergaban el laboratorio solar del Teide.

Estábamos emocionados por la posibilidad de mirar el Sol a través de un enorme tubo. Pero sufrimos una gran decepción: dentro del lugar no había iluminación suficiente, y para colmo era estrecho y estaba lleno de escaleras de metal y andamios. Algunos artefactos estaban conectados a pantallas de computadoras. ¡No podíamos arrimar el ojo a ninguna parte!

—Como ven —dijo Paco al ver nuestra decepción (cómo nos vería las caras)—, estos telescopios se parecen poco a los de antes, ¿no creen?

—¡No se puede ver nada! —reclamó Drogba. (Y a él, ni un estate quieto con la mirada por parte de Juan. Era injusto.)

—Bueno, mi amigo —siguió Paco—, no es como mirar por el ojo de una cerradura.

En eso entró un joven investigador y saludó al director, quien le pidió que nos mostrara la animación de fotogramas de los movimientos internos del Sol, tomados con lentes especiales y este telescopio. Yo me pegué a Juan Diego y él me abrazó. Después de todo, era la primera vez que visitábamos juntos los sitios donde estaba la otra parte de su vida, suponiendo que mi mamá y yo conformáramos la primera. Quizá me habría gustado haber hecho esto antes, sólo con él, pero aún sentía que algunas cosas deberían haber sido de cierta manera y no de otra. Además, nada me indicaba que mi primo, Paco, el estudiante y los amigos de aquí, de allá y de otras partes fueran un producto de mi imaginación, tal vez Micro sí. Entonces lo abracé con fuerza.

—¿Y aquí trabajan de noche? —preguntó Inés.

—Podría decir que no —respondió Paco—, pero resulta que sí. En realidad lo hacen de manera continua. Nunca han dejado de hacerse mediciones desde 1983.

—¿No tienen un instante para comerse un refrigerio?

—Se ha formado una cadena humana que se pasa
la estafeta y quienes la integran apenas tienen un momento para comer. Por eso es tan valiosa la información que se ha almacenado aquí, pues la pueden usar
astrofísicos de todo el mundo, como tu papá, Agustín.

Cuando el director del observatorio volteó a verme, noté la bondad en su mirada. Y algo más. Descubrí que tenía la profundidad y mesura de Micro, y en
esos ojos vi al astrónomo que era mi padre.

Como nosotros no trabajamos ahí nos dieron un
break, así que nos fuimos a comer papas arrugadas con
mojo verde o con mojo picón. El mojo es una salsa
que, cuando es verde, está hecha a base de cilantro,
mientras que cuando es picón tiene un poco de pi-
mientos chilosos de color rojo. También había rancho
canario, una sopa de carne, pollo, garbanzos, papas y
otras delicias que Poli y Macario no soportaron ni ver.
Inés tuvo suficiente con un plato, mientras que Drogba y yo pedimos una ración más. De postre sirvieron
leche asada y buñuelos de plátano.

De pronto me sentí un poco aturdido: eran muchas palabras nuevas en tan poco tiempo: virujillo,
calima, mojo, guanche… Le pregunté a mi primo si le
pasaba lo mismo. El desgano de su respuesta me indicó que andaba un poco achicopalado: María no había
venido al paseo. Esta vez no fui tan bruto como para

sugerir una pamba, pero tampoco era tan listo para saber qué hacer, así que lo abracé y le sonreí. Maca me devolvió el gesto.

Después que nos atragantamos de comida, Juan y Paco nos dejaron en manos de Silbia López de la Calle (me lo aprendí muy bien porque nos dio unas explicaciones bien chidas y nos aclaró que se llamaba Silbia con b), mientras ellos se iban a tomar una copa de coñac y café.

Silbia con b, vestida con traje sastre *beige*, alta como mi mamá, nos invitó con su acento español a disfrutar de la vista en el mirador del Instituto de Astrofísica de Canarias (nosotros casi brincamos de gusto). Cuando llegamos nos platicó que esta isla y la de La Palma se encuentran entre los sitios raros del planeta donde las condiciones climáticas son más o menos estables durante gran parte del año, lo cual permite la observación profunda del cosmos.

—¿Qué tan profunda? —interrogó Inés.

—¿Cómo saben que lo que están viendo es… eso? —siguió Drogba, para no quedarse atrás.

—Si no miran con los ojos, ¿cómo lo detectan entre tanta oscuridad? —volvió a la carga Inés. (Vaya competencia.)

Todos preguntamos de manera compulsiva, mientras la mujer trataba de calmarnos.

—Chicos, son realmente entusiastas. Y se ve que tienen inquietudes. Déjenme decirles que un hombre que vivió en Samos unos cuatrocientos años antes de nuestra era, llamado Aristarco, no tenía telescopios y aun así pensaba que el Sol, y no la Tierra, era el centro del cosmos. ¿Cómo se las arreglaron los astrónomos chinos para elaborar un atlas de cometas? Y en el siglo II antes de nuestra era, ¿cómo se las ingenió Hiparco, en Nicea, para completar un catálogo de estrellas tan bueno que no pudo ser superado sino hasta 1677?

—Pues a ojo pelón —contestó de manera tajante Inés.

—Obvio —agregó Macario.

Silbia siguió con su relato.

—Se inventaron y desarrollaron instrumentos para precisar la posición de los objetos celestes, como el astrolabio. Pero no había nada que aumentara la visión de los astros. Tengo la impresión de que ya saben que esta misma posibilidad de mirar el cielo sin un artefacto aumentador también se convirtió en una limitante. Durante unos catorce siglos la humanidad creyó las apreciaciones del griego Ptolomeo, que en el siglo II de nuestra era colocó a la Tierra cerca de un centro común, rodeada por las órbitas del Sol, la Luna, los cinco planetas que se conocían entonces y una esfera de estrellas fijas, que no se movían para nada.

—¡Qué locos! —exclamó Macario.

—Ni tanto —replicó Silbia—, Aristarco había pensado distinto. Tal vez pocos se atrevían a hacerlo, pero en el siglo XVI Nicolás Copérnico se atrevió y planteó una idea que no encajaba en lo que los antiguos griegos suponían y todo el mundo antiguo había creído hasta entonces. Tuvo mucho que ver el trabajo de otro astrónomo, Tycho Brahe, que descubrió, en 1572, una nueva estrella que hasta entonces parecía una inmutable esfera celeste. Ahora sabemos que Tycho vio una supernova, o quizá la explosión de una estrella moribunda. Lo que haya sido, echó por tierra las teorías griegas de un cosmos que no cambia. Al morir Brahe, su asistente, Johannes Kepler, heredó sus papeles y registros, y a partir de ellos elaboró un esquema donde el Sol estaba ubicado al centro. Con apenas tres leyes geométricas pudo predecir con exactitud la posición de los planetas, algo que nadie había logrado hasta ese momento.

—¿Y los telescopios? —insistió Drogba. Se había ganado ya el premio al preguntón insoportable. Eso no decía en su perfil.

—Precisamente a eso iba. En 1608, el mismo año en que Kepler intentaba publicar sus observaciones, el óptico holandés Hans Lippershey solicitaba la patente de un nuevo aparato, el cual permitía aumentar o, dicho de otra manera, acercar objetos si se alineaban en forma correcta unas lentes bien pulidas. Pero se la negaron porque ya había otras dos solicitudes y era un instrumento fácil de copiar.

—Si no, que le pregunten a Galileo —intervino Macario.

La mujer se sorprendió por el comentario de mi primo, pero no quiso entrar en más detalles, tal vez para que no le cayera una lluvia de preguntas.

—Es muy cierto que Galileo revolucionó la profesión de Paco, y de Juan, mientras descubría manchas en el Sol, cráteres en la Luna y satélites de Júpiter con su telescopio. Kepler construyó el suyo y le hizo mejoras. Entonces empezó a hacerse la bola de nieve cada vez más grande, como dicen.

—¿Cómo? —de nuevo preguntó Drogba.

—Conforme se veía más lejos y con mayor definición, por ejemplo, hacia las nebulosas descubiertas, se encontraba que en realidad eran galaxias como la nuestra. También se hizo una observación interesante: las galaxias se separan unas de otras, por lo que, desde 1929, se cree que el Universo está en expansión, como si sopláramos en el interior de un globo y las galaxias se encontraran dibujadas en la parte externa del globo. Otra cosa importante que se encontró, ya hace casi cien años, es que los objetos astronómicos, además de luz visible, emiten ondas de radio.

—¿Qué son los pulsares? —preguntó ahora Poli de la nada (tenía el don de sacar de onda).

—Estrellas muy compactadas que giran muy rápido y en milésimas de segundo emiten energía de tal manera que, cuando las miras, parece que es un objeto pulsando, digamos, bombeando como hace el corazón con las venas.

Hizo una pausa y continuó diciendo:

—Sé que van a visitar el complejo de observatorios de La Palma, ahí tendrán la oportunidad de conocer las nuevas ventanas al cosmos y estoy segura de que los astrofísicos responderán a todas sus dudas.

La sesión de preguntas y respuestas había finalizado y Silbia con b se despidió en cuanto vio que regresaban Juan y Paco, deseando que siguiéramos disfrutando de nuestro recorrido. A mí me pareció que el tiempo había pasado sin avisar.

Durante el camino de regreso a la casa de María tomamos una avenida que pasaba cerca del aeropuerto. El semáforo en rojo nos obligó a detenernos en una esquina. Entonces Inés dio un salto y gritó:

—¡Oigan!, ahí dice: Avenida del Astrofísico Francisco Sánchez.

—Así es —dijo mi papá—, la ciudad honra a sus benefactores.

Paco no dijo nada. Encogió un momento los hombros y se rio. Y nosotros con él.

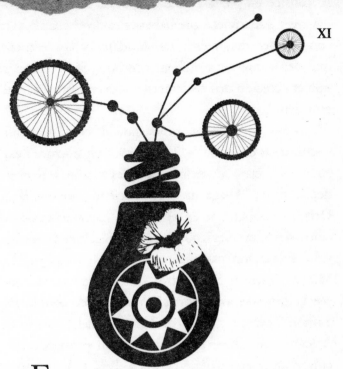

XI

—¿Existe un cielo "malo"? —preguntó José Franco.

El público se quedó expectante. El doctor José Franco era uno de los astrofísicos más activos y un buen amigo de Juan. Había creado "La noche de las estrellas", con el fin de invitar a la gente, tuviera telescopios o no, a observar el cielo en las plazas públicas y en los campus de las universidades, como mi papá lo hacía conmigo y mi mamá. Pero esta vez el doctor Franco charlaba ante un gran auditorio interesado en estos temas en el Museo del Cosmos, junto al Instituto

Astrofísico en plena avenida de la Vía Láctea. No podía creer que tuviera que haber cruzado el charco para comprender mejor esos movimientos y conferencias que desde niño me habían rodeado. Sentí como si hubiera crecido dos centímetros más en conocimiento esos días.

—No lo hay mientras no lo contaminemos —continuó diciendo—. La observación nocturna exige un cielo claro, despejado de luces citadinas. Recuerden la frase: "Apaga un foco, enciende una estrella". Deben de saber que en el mundo hay sólo cuatro o cinco sitios privilegiados para mirar el cielo: esta isla y La Palma son parte de esos lugares exclusivos. En México tenemos San Pedro Mártir, muy amenazado por la urbanización, si bien hemos logrado contenerla. También están los picos de Hawái y del Desierto de Atacama, en Chile. Estos lugares han permitido descubrir un nuevo paisaje cósmico. Pero el Universo es testarudo y, si nos revela un secreto, nos lo cobra obligándonos a plantear una docena de nuevas preguntas. He de aclarar que hemos podido enviar telescopios al espacio, como ya se hizo con el Hubble y el Kepler, pero cuestan muchísimo dinero, y por ahora su tamaño es relativamente pequeño. Pero aquí, en Tenerife y La Palma, tenemos telescopios con instrumentos capaces de corregir las turbulencias de la atmósfera y permitirnos mirar aquello que nuestros ojos no pueden detectar, como la radiación infrarroja y los rayos ultravioleta.

No se preocupen, vamos a ir al espacio y seguiremos escalando, tanto el pico Roque de los Muchachos como la Caldera de Taburiente, para seguir "mapeando" e interpretando lo que vemos ahí.

El doctor siguió hablando y al finalizar su plática la gente aplaudió por un buen rato. Inés, Poli, Montse, Maca, Drogba y yo pasamos una tarde muy entretenida, el amigo de mi papá realmente era un tipo ocurrente y nos hacía reír. Caímos en el juego de esperar la siguiente puntada hasta que terminó de hablar.

Fue genial saber, por ejemplo, que Edwin Hubble descubrió que las galaxias se alejan unas de otras, aunque nosotros no lo notemos a simple vista y en nuestras cortas existencias. También nos sorprendió descubrir que existe una especie de rechinido que viene de todas partes del espacio exterior y que es provocado por microondas que descubrieron dos estadounidenses, uno con nombre de cantante italiano, Arno Penzias, y otro con nombre de estrella de rock de 1960: Robert Wilson.

Al salir del recinto la directora del museo nos acompañó a la entrada. Antes de salir se dirigió a nosotros con su acento español:

—Soy Carmen del Puerto, directora del museo, y ha sido un gusto tenerlos por aquí. ¿Me prometen volver? Este museo está abierto a gente de su edad: los que comienzan a preguntarse cosas que antes no les pasaban por la mente.

Pepe y Juan se nos quedaron viendo para ver qué cara poníamos. Le dijimos a Carmen que sí, que regresaríamos pronto, cuando en realidad lo que queríamos era salir y jugar un partidito de fut por internet. Nuestro nuevo *hobby*.

No sé en qué momento empezó a interesarme más el futbol virtual, pero todos los varones de esta excursión nos estábamos muriendo por saber quién ganaría la próxima Copa del Mundo cibernética, cuándo saldría el próximo juego donde cada quien, con su equipo, aplastaría a los alienígenas que se han apoderado de la Tierra y los otros planetas enanos. Hasta Macario había caído en la tentación, preocupado antes porque alguno de sus héroes informáticos lograra servir palomitas en línea o que los cerebros de las nuevas pantallas tuvieran incorporada la habilidad de entregar un paquete calientito de comida tan rápido como las nubes que en ese momento comenzaron a cubrir el cielo.

Este viaje definitivamente había alterado a casi todos. Drogba no dejaba de mirar a Inés. Macario se descubrió hipando cada vez que veía a María. Poli quería pasar más tiempo conmigo, y no sé si estaba viendo bien, pero me lanzaba una mirada de ametralladora cada vez que María o Inés hablaban conmigo. Preferí no voltear a verla, ¡qué tal si en una de ésas se le iba una bala!

Pepe Franco no pudo acompañarnos hasta casa de María, pero prometió venir otro día. De hecho, se acordó hacer una parrillada en el jardín de Argelia, que no era muy grande, pero tampoco serían muchos los invitados. O al menos eso creyeron en un principio.

Por la noche prendimos la tele. María sintonizó el canal de las noticias. Maca se sentó a su lado. Montse, Poli, Inés y Drogba ayudaron a poner la mesa. Yo me quedé helado, mirando las escenas de esas embarcaciones a las que llamaban pateras, llenas de hombres, mujeres y niños negros, que eran interceptadas por la patrulla costera española. Momentos antes habían dicho que muchos de ellos morían ahogados en su intento por cruzar el mar desde las costas norteñas de África hasta Lanzarote, la isla canaria más cercana.

Sentí un escalofrío. Yo había viajado en avión, con papeles, sin ningún esfuerzo y con diferente motivación. Entonces me di cuenta de que todo mundo estaba arañando algo. Los desesperados africanos buscaban una vida mejor y arañaban las costas canarias con el fin de lograrlo. Mi papá y Paco se la pasaban arañado el cielo en beneficio de la humanidad y la ciencia. ¡Qué tan diferente era el mundo y sus prioridades!

—Me rindo —dije.

María me vio como diciendo: "No aguantas nada", y le cambió a las caricaturas y luego a las películas románticas. Pero ni eso pudo borrarme la imagen de la gente desesperada por alcanzar su sueño.

Esa noche dormí intranquilo, así que me quedé en cama y no quise salir por la mañana. No supe en qué momento los demás partieron, sólo supe que la almohada me sabía a gloria.

De pronto me vi en la calle, junto a María. Ella me tomaba de la mano y me invitaba a ir en bici; me ofrecía la de su madre.

Partimos hacia las colinas de La Laguna, bajo un cielo intensamente azul. La calima africana se había calmado y el virujillo se había tomado una pausa. Descendimos por unas pendientes, tan pronunciadas que parecía que íbamos a salir volando. Pasamos por calles con nombres del Cercado Corazón y la calle del Humilladero.

De repente nos parábamos, y María se acercaba a mí, me miraba a los ojos, luego a los labios, me abrazaba y me besaba. Yo me quedaba atónito.

—¿Sabes? —me decía, alejándose—, nunca había besado a un chico.

—¿A una chica sí?

Asintió.

—Nos hicimos novias un tiempo pero tuvimos problemas en la escuela. Creo que ella era un poco chantajista, así que rompimos y ahora me divierto yo sola, sin compromisos.

—Yo nunca me he besado con mi primo ni con nadie.

María se rio.

Yo me repetía y Maca, y Maca, no puedo bajarle la novia a Maca. De pronto vino a mi cabeza el besote que me dio Poli el día de su cumpleaños. Era un embustero.

—No sería malo que también lo besaras a él, quizá un día de éstos se nos pele. Bueno, es un diagnóstico como de 70-30, ¿sabes? Tiene setenta oportunidades de salvarse. Entonces, ¿qué? —le dije, poniendo la mejor cara que pude, es decir, la que a veces lograba convencer a mi mamá y la que me había valido con Poli en su momento—, ¿le vas a hacer caso?

María no contestó. Volvió a mirarme a los labios pero, en vez de acercarse, sonrió haciéndose la pícara y me tomó de la mano. Remontamos las calles empinadas, de regreso a su casa.

Pasamos por las calles con edificaciones que no eran ni muy grandes ni muy altas, todas eran de un piso o dos, algunas con un pequeño jardín al frente, y los techos en declive lucían teja roja. Pero no se veía a nadie salir de ellas. Algunas exhibían letreros para su renta o venta. Cincuenta metros adelante divisamos una glorieta.

—Ven, por aquí es más corto —me dijo de pronto María.

A pocos metros descubrimos una tienda de campaña y, más allá, muy cerca de un precipicio, una mujer con un saco antiguo de lana, a cuadros amarillo y negro, con botones cruzados y un sombrero café oscuro de ala ancha. Parecía triste y meditabunda.

—¿Se siente bien, señora?

La mujer volteó de manera súbita cuando notó nuestra presencia y dijo:

—Estoy esperando a Charles, mi nombre es Jessie Duncan Smyth.

María y yo nos quedamos parados como esperando algo.

—Estoy tan enamorada de las formaciones geológicas de estas islas que no puedo despegarme de ellas —dejó escapar una risa traviesa—. Vine con mi marido, Charles, de luna de miel y en realidad nunca pude irme de aquí.

—¿Por qué vinieron? —preguntó María.

—Vinimos a probar la idea de Newton, quien predijo que si querías observar con mayor claridad y profundidad el cielo, tenías que subir cada vez más alto.

—¿No vino por amor? —continuó María.

—Desde luego, cariño —respondió la señora, mirándonos con dulzura—. Lo que más me gustó de Charles fue que estudiara la aurora, sus huellas, el espectro que deja. Mi marido fue el primero en mostrar un mapa del espectro del Sol.

—¿Lo quiso mucho? —insistió María.

Jessie asintió y siguió examinando rocas. Nosotros le deseamos suerte y seguimos caminando. Más adelante nuestras bicis se quedaron atoradas en las piedras que formaban una terraza. María y yo caímos y resbalamos por una caverna llena de agua. Su nivel era bajo, así que pudimos caminar hacia donde una luz nos guió.

María no parecía estar afligida. Yo, en cambio, me sentía asustado y con miedo. La cueva era más alargada y profunda de lo que parecía al principio, mientras que el techo simulaba el de una cúpula. Sobre algunas paredes había grabados con forma de peces.

—En esta cueva-santuario nuestros ancestros celebraban sus rituales y ceremonias hace muchísimo tiempo —dijo María, como si se tratara de dos paseantes y ella la guía.

—¿Y cómo vamos a recuperar las bicicletas? —repliqué.

No me contestó, y siguió diciendo:

—En esta cueva se mantuvo un fuego encendido durante tres mil años —María ya no era María, ahora era una mulata que a cada paso parecía ser otra persona—. Querían recordar a la diosa madre de los guanches, Chaxiraxi, la que tiene una estrella de ocho puntas como símbolo. Esta resguardada por las maguadas y los kankús de Igueste, a ver si nos topamos con ellos. Algunos guanches quedaron enredados en enjambres de estrellas y, hasta que alguien los libere, no descansarán en paz.

—¿Y… y… qué es Igueste? —pregunté temeroso.

—Un lugar destinado al pastoreo del rebaño de la diosa. Si nos atrapan merodeando, nos acusarán de querer robar sus ovejas y nos cortarán la cabeza —dijo, pero su voz ya no era la de María, ahora era la de un hombre bien conocido por mí: Micro.

De la nada, Micro gritó:

—¡Corre, allá vienen!

Sentí pánico y me paralicé, lo terrorífico se mostraba como un aspa de licuadora que casi me hacía vomitar:

—Por aquí —gritó Micro—. Ten confianza en mí, no dejaré que nada malo te pase. Si crees en mí, no podrán alcanzarte.

Sus palabras sacudieron mi cuerpo y, como si lo conociera desde siempre, fui tras él. Del terror pasé a la alegría, pues nos movimos como si fuéramos dos renacuajos entre el charco y la oscuridad de la cueva. Saltábamos como ranas, buscando las partes más altas del techo mientras nos guiábamos como murciélagos. Aun con ello, apenas pudimos adelantar a la docena de maguadas y kankus que nos seguían y conocían el terreno.

Sin darnos cuenta dejábamos nuestras huellas en algunos sitios sagrados de los antiguos guanches. Sin embargo, los guardianes no se atrevieron o no quisieron imitarnos (tal vez lo tenían prohibido) hasta que salimos por un pasillo que me recordó a un observatorio. Al salir eran las primeras horas de la mañana. Los rayos caían sobre la montaña y la bañaban de luz, pero el entorno, en cambio, permanecía en penumbras. Tuve la impresión de que la montaña se elevaba hacia el cielo a medida que recibía los rayos solares.

—¡Mira, allá están las bicicletas! —gritó María. Corrimos por ellas, y yo sólo le pedí a Micro que también corriera, que no dejara que lo alcanzaran. Pero él no se veía por ninguna parte.

Al subirnos a las bicis y partir, escuché:

—Corre, Agus, corre, Agus, yo siempre estaré contigo.

Pedaleábamos por subidas empinadas. Y mientras yo sudaba, ella, bien campante, sonreía y me decía:

—No te preocupes, ya casi llegamos. Al llegar vamos a echar átomos, como diría Bart Simpson.

Desperté sudoroso y afligido, sentí que había perdido algo y sólo pensé en Juan.

Los siguientes días pasé la mayor parte del tiempo tratando de agradar a Poli, no podía permitir que me viera de reojo y con odio jarocho. Me alejé de María para hacerle cancha a mi primo, quien se mantuvo detrás de ella como pinche de la mejor arepera de la isla. Pero de nada le valió, María no se decidió a hacerle caso. Quise pensar que no era por mí.

XII

"Cuéntale, cuéntale al alba, dile que sus besos son eternos", se escuchaba la voz rasposa del cantaor que se hacía acompañar por una banda eléctrica. Sus palabras eran rítmicas y sencillas, cadenciosas e invitaban a mover el bote. A mí me movieron a reflexionar sobre los besos, luego de mi sueño con María. (El sueño había sido tan vívido, que podría decir que María me había besado.)

El Barrio era un grupo de rock flamenco de paso por Tenerife. Un amigo de Argelia conocía a uno de los músicos y los convenció de venir a la fiesta y amenizarla.

Más tarde, invitaron a José Franco a tocar con ellos. Mi papá, que estaba platicando con su colega, con Argelia y con nosotros, aclaró que los astrónomos también tenían su corazoncito y algunos, como el doctor Franco, cultivaban otras habilidades, entre ellas la de hacer música. Aunque los más jóvenes del grupo adorábamos a Gorillaz, respetábamos a los modelos antiguos que se desgañitaban con las canciones de los hermanos Doobie, con las coplas de los Creedence Clearwater Revival, las gracejadas de los Beatles, sin olvidar las piezas tristes y muy sentidas de los músicos en el jardín.

"Te he dicho que voy a parar el tiempo", "el faro de Trafalgar y la arena desgastada", "hoy conocí a una niña por las calles de Tarifa que provoca los 'te quiero'", estas frases tenían encantados a los adultos, mientras que nosotros (Maca, Drogda y yo) poníamos caras de qué cursi y las chicas escuchaban embelesadas diciendo: "Qué romántico". Después de un rato de romanticismo, Argelia nos invitó a bailar rock and roll, que El Barrio y su invitado, el astrofísico José Franco, tocaron con tal enjundia y dedicación que atrajeron los oídos musicales del vecindario. Primero llegó el casero de Argelia, que venía de hacer el aseo en su palomar; luego aparecieron los vecinos de al lado diciendo que se les hacía raro que Argelia tuviera música; más tarde se acercaron señoras, jóvenes y niños de otras calles por chismes de los primeros.

No pasó mucho tiempo para que la gente del lugar empezara a cantar:

"Dile que voy a parar el tiempo."

Y algo pasó. Inés fue la primera que se dio cuenta de que el reloj estaba parado. No había manera de mover átomos ni pensamientos. Todos se divertían y el tiempo parecía eterno, como si quisiera quedarse en ese instante de felicidad.

Cuando me di cuenta, mi padre estaba bailando con una señora joven, y lo hacía muy bien el condenado, tanto que me cachó mirándolo con ojos de reproche.

—¿Por qué no bailas? —me preguntó—. ¡No esperes más!, se te ve que lo quieres hacer. ¡Anda, comienza a crecer! —me gritó, mientras se balanceaba de un lado para otro.

Entonces me hice el chistoso y me subí a una silla y empecé a contonearme como Kurt Cobain tratando de alcanzar el techo. Todos me voltearon a ver y se rieron de mi puntada.

—¡No, así no!, aquí adentro —y se tocó la cabeza.

¿Quería decirme que era un inmaduro? ¿Y por qué en ese instante? Me sentí realmente ridículo. El grupo El Barrio siguió tocando y cantando: "Mira, mi corazón, cómo pasa el tiempo, no existe un reloj que detenga este momento para vivirlo intensamente, amor".

—Éstos traen historias de Sevilla —me dijo María al oído.

Su gesto, inocente o no, enfureció de nuevo a Poli, que se retiró a la otra esquina del jardín, haciéndole sombra a Inés y Drogba. Para mi desgracia, ni siquiera había entendido lo que María me había dicho. Fui al baño y, al salir, por casualidad alcancé a escuchar parte de la conversación de mi papá y José. Juan aún se debatía entre reconciliarse con mi madre o separarse definitivamente.

—Si la quieres, reconquístala; no te hagas bolas. Mi esposa y yo la conocemos muy bien, y nos parece extraordinaria, con ella has compartido algunas de tus mejores experiencias. Pero haz lo que tu corazón te indique.

Así ingresó José Franco a mi lista de estrellas favoritas, un carnal como Maca y Poli.

Para deleitar al invitado de honor, Pepe Franco, el grupo El Barrio comenzó a tocar un popurrí jondorockero, trayendo a colación algunas piezas que tenían que ver con el cielo negro y sus puntos titilantes, la primera de ellas, el *Rocket Man* de Elton John. Y siguieron con una pregunta:

—¿Puede oírme, mayor Tom?

Luego tocaron, junto con Pepe, una balada que hablaba de alguien que había caído en el vicio de ser maltratado por el insomnio, y así, sonámbulo, solía sentarse en el techo de su casa a contemplar lo que pudiera presentarse, noche tras noche.

Poco después llegó un invitado de Paco Sánchez, alguien que nadie esperaba conocer, en particular los músicos (y yo menos).

El tipo era delgado y alto, con ojos azules y nariz prominente. Tenía el cabello hirsuto y largo. Se movía un poco encorvado mientras se acercaba a Paco, quien lo saludó con una reverencia. Paco lo abrazó y lo llevó al centro de la fiesta para presentarlo.

—Amigos, les presento a mi alumno, el doctor Brian May.

Los chicos y yo ni nos inmutamos. Entonces mi papá nos alertó.

—¡Es el famoso guitarrista del grupo Queen!

—¡Guau! —respondí, con la mayor cortesía y sonoridad posible. (Los demás no sé si lo habían reconocido o no.)

Juan Diego meneó la cabeza.

—Acuérdate, vimos sus videos en casa —me señaló Juan.

—¿Y es doctor en qué? —alzó la voz Montse.

—En astrofísica —contestó el interesado.

—¡No!, yo pensaba que los músicos... se dedicaban a eso.

—Ya ven —comentó José—, en realidad Brian estudiaba astronomía cuando el éxito de su grupo los tomó por sorpresa. Desafortunadamente, murió Freddie Mercury y los intereses del público cambiaron; Brian regresó a otra de sus pasiones.

—Hice mi doctorado con Paco —dijo.

Luego saludó a todos los presentes. Cuando llegó con nosotros, no pudimos aguantarnos y tuvimos que confesarle:

—¿No importa que seamos fanáticos de Gorillaz? —dijo Maca.

—Yo también lo soy —respondió él, sonriendo.

Así terminó una noche estelar, entre pláticas y sorpresas.

No sé qué vio mi padre o qué le pareció ver, pero me invitó a dormir al Hotel Nivaria, donde estaba hospedado desde que llegamos a Tenerife. Luego me di cuenta de que a los demás chicos también los había invitado (quedó claro: sólo chicos). Maca, Drogba y yo lo seguimos algo desconcertados. Llegamos al hotel pasada la medianoche, o sea que en México estaba comenzando la tarde y era buen momento para ver a mi mamá por internet y platicar con ella.

—¿Le pediste su autógrafo?

Mi papá se hizo el desentendido.

—Agus, no permitas que tu padre regrese a México sin que nos haya dado su autógrafo, con dedicatoria y toda la cosa, ¿eh?

A mi mamá le encantaban esos detalles. Ella estaba convencida de que, de alguna manera, lo que alguien había tocado dejaba un rastro de sí mismo, un rastro que podía descubrirse si alguien aprendía a detectarlo.

—¿Y a qué se debe la visita del señor May?

—Paco lo invitó a dar un concierto junto con sus colegas.

—¿Astrofísicos o músicos?

—Ambos.

—Yo creo que va a ser divertido, a pesar de que no invitaron a Gorillaz —dije.

Era tardísimo. Mis papás me mandaron a la cama. Ellos siguieron hablando por internet, mientras yo ya dormía como un lirón. El hecho de saber que se habían quedado platicando y no riñendo tenía el efecto de un potente somnífero.

Al día siguiente, Argelia, un amigo y mi padre nos invitaron al Jardín Botánico que está cerca del puerto de Santa Cruz. Me enteré de que ese lugar lo había creado el rey Carlos III en 1788 con el propósito de aclimatar especies vegetales traídas de América y Filipinas. También nos advirtieron que era imposible saber con exactitud la edad de los ejemplares más antiguos y su procedencia: los registros históricos tenían más huecos que las cuevas del archipiélago.

Conforme íbamos caminando mi asombro crecía. No podía creer que semanas antes soñara precisamente con un jardín botánico y ahora me encontrara en uno.

Y que mi padre supiera de plantas (¡eso era una gran novedad!).

Juan nos mostró la palmera de la que la gente del Golfo de Guinea obtiene aceite desde hace cientos de años. Más allá estaba un árbol del caucho. Poli lo seguía y yo detrás de ella. Entre pimenteros, árboles del pan, caneleros, tuliperos, cafetos y mangos la hice reír. Cuando nos aproximamos a las cicadáceas y al ginkgo, ya había olvidado el nombre de muchas otras especies que mi padre nos había mencionado desde que Poli me tomó de la mano. Lo único que recuerdo es que provenían de todos los continentes.

Las plantas y las explicaciones me sonaban conocidas, como si eso ya lo hubiera vivido. Llegué a la conclusión de que los sueños a veces podían predecir algunos eventos. Mi madre tenía razón. (Sólo esperaba que el de María no se hiciera realidad.)

Esa noche, María le dio un picorete a Macario, los pude ver mientras la luna llena iluminaba el jardín. Poco le duró el gusto, pues a la mañana siguiente el grupo formado por Montse, Drogba, Inés, Poli, mi primo y yo, conducidos por Juan, partiríamos a La Palma (María se quedaba; y como en mi sueño: no se veía nada triste), donde culminaría el viaje astrofísico, el viaje curativo y mi oportunidad de alentar a mi papá a regresar con mi mamá.

La Palma estaba a media hora en avión de cuatro motores. Nos sentimos como aventureros a la conquista de la isla salvaje. Gracias a las galletas con chocolate que nos regalaron las azafatas durante el trayecto sobre el mar, estuvimos dispuestos a permutar nuestro sueño de aventuras por uno verdadero. Todo sucedió en un segundo y de repente ahí en el horizonte vi densas nubes plateadas que se arremolinaban y amenazaban con descargar todo su caudal. Dos segundos después, el avión aterrizaba en el aeropuerto.

Recogimos las mochilas y maletas, y caminamos hacia el local de una arrendadora donde nos esperaba una camioneta, cortesía del Instituto Astrofísico de Canarias. Mi papá inspeccionó el equipo del vehículo: estaba preparado para rodar en la nieve, remontar una pendiente pronunciada, iluminar el camino neblinoso, pedir auxilio por radio…, casi nos hacía de comer.

En ésas estábamos cuando Poli me dijo al oído:

—No hay nada más emocionante, ¿no crees?

—¡Sí! —respondí. Y vi sus ojos verdes, creo que me embobaron. Miré sus labios y no tuve ni la menor idea de lo que estaba pasando. Recordé sus labios suaves y quise volver a sentirlos.

En eso estaba cuando alguien me preguntó:

—¿Por qué no nos ayudas con las cosas? —era Macario, con cara de quererme reclamar algo.

—Porque lo están haciendo ellos —dije, saliendo de mi ensoñación, y señalé a la gente de la arrendadora que subía nuestro equipaje al vehículo. De pronto me empecé a reír. Me le quedé mirando con cara de mustio. Era increíble que bastara un beso para que Maca estuviera clavadísimo y no pudiera ver a otros felices. En fin, el amor puede envolvernos con sus máscaras, unas hechas para sonreír y otras para botarse de la risa. Entonces mi primo se enojó más.

—No pierdas el tiempo —me dijo—. ¿De qué te ríes?

—De nada, Macario, de nada.

Se alejó molesto y fue el primero en subirse al auto. Pero nuestro problema no era la riña, sino que era imposible distanciarnos, pues el vehículo conducido por mi papá se enfilaba hacia la nubosa montaña, en cuya cúspide está el Roque de los Muchachos. Por fortuna, la cordura entró en la cabeza de mi primo. Se volteó a su ventana, a dizque mirar el paisaje bizarro.

Había juncias olorosas y amorosas, juncias paragüitas y rubias. Podíamos localizarlas porque a los pocos vehículos que circulaban hacia arriba y hacia abajo les era imposible hacerlo con rapidez. A nosotros nos restaban cuarenta tortuosos kilómetros en medio del parque nacional antes de llegar al albergue de montaña.

Escuchamos el rumor de helicópteros.

—Por lo que veo ya llegaron los funcionarios del gobierno canario y alguno de Europa a visitar el

GTC —nos informó Juan Diego mientras veía pasar las naves.

Las siglas GTC quieren decir Gran Telescopio de Canarias: era el nuevo juguete de Paco, Pepe Franco, mi papá y su banda, un telescopio que estaba hecho para desafiar la oscuridad.

Cuando se lo recordé a Juan Diego, puso cara de papá orgulloso y agregó:

—Ya no es como antes, cuando los telescopios se usaban para acercar la imagen de objetos lejanos. El chiste de los que ahora tenemos es recolectar el mayor número de partículas de luz que provienen de las estrellas.

Ni Montse ni Inés estaban muy seguras de haber comprendido.

—Digamos que los telescopios de ahora son como embudos en los que metemos tanta luz como sea posible. La luz, los fotones, son mensajeros que nos traen noticias de la galaxia de donde proceden.

Poli y yo habíamos iniciado un juego de codazos, así que medio habíamos escuchado eso del GTC y de los funcionarios.

—El problema es que la luz que viene de las galaxias más distantes disminuye por su lejanía, de manera que cuando nos llega el mensaje resulta ilegible. Nadie puede leer lo que una pálida sombra puede decirnos.

Entonces Juan Diego nos vio por el espejo retrovisor y se nos quedó viendo unos segundos a Poli y a mí, e inmediatamente guardamos la compostura. Pero bastó que pusiera la vista al frente para comenzar de nuevo nuestro juego con risas contenidas.

—El asunto no termina con la recolección de luz. Hay que enfocarla hacia un área del telescopio donde puedan ser bienvenidos los mensajeros para que nos den sus noticias a través de los detectores que no tenían los antiguos telescopios. Cuando Galileo y otros comenzaron a construir telescopios, los hacían refractores, es decir, reenfocando la luz mediante un juego de lentes bien pulidas; y también los hacían reflectores, los que reenfocan los fotones de luz mediante un juego de espejos de gran fineza. Desde hace unos setenta años ya sólo se fabrican de estos últimos. ¿Me están escuchando? —dijo en un tono nada contento con nosotros dos. Todos voltearon a vernos. Se hizo un silencio incómodo. Maca se puso más serio. Y si la conversación había atraído su atención, ahora se había enfrascado en encontrar ardillas en el paisaje. Fue ahí que me di cuenta de que estaba celoso.

—¿Y qué pasó? —se atrevió a preguntar Montse, quien nos fusiló con la mirada.

—Luego de juntar muchos fotones y dirigirlos con la máxima precisión, se pasan por un dispositivo que capta la señal y la analiza. Antes los astrónomos lo hacían con sus ojos, pero ahora lo hacemos de manera digital, computarizada. Así funciona el gigante de trescientas toneladas que ya conocerán.

—Son unos tragaluces —opinó acertadamente Inés.

Todos nos entusiasmamos cuando vimos que nos acercábamos al albergue y comenzamos a cantar una canción de El Barrio (todos excepto Maca):

> Ángel malherido, dulce compañía,
> no me desampares ni de noche ni de día
> que me sobran los motivos
> para ver la luz del día azul.

Por fin alcanzamos la parte baja del Roque de los Muchachos, donde se encontraba el albergue. Me sentí contento, mi papá comenzaba a cumplir sus promesas de llevarnos más cerca del cielo. Mientras bajábamos las mochilas y maletas, notamos que el mar de nubes había quedado debajo de nosotros. Inés tomó de la mano a Drogba y se lo llevó camino de la recepción, donde nos registramos con un señor canario, muy alto y moreno, que nos dio la bienvenida y nos llevó al otro lado del salón. Allí se encontraba una cocina con una despensa llena de barras de chocolate, granola, de lo que quisiéramos, pues él y los demás empleados del albergue estaban para hacernos la vida fácil en la dichosa montaña inhóspita.

A Maca y a mí lo que más nos gustó fue la plancha para hacer tortas y sándwiches. A mi papá, la máquina de hacer café. A las chicas, las habitaciones con vista al pico de la montaña.

Preguntamos si Pepe Franco y Paco vendrían a comer con nosotros, pero era imposible: el primero tenía reuniones en el Instituto Astrofísico y al doctor Paco le iban a hacer un homenaje en Escocia. Pero nos aseguró mi papá que los volveríamos a ver. Cuando regresamos de nuestras habitaciones, después de asearnos y cambiarnos para la comida, nos dejaron salir a mirar los helicópteros que estaban a unos cientos de metros del albergue.

Mi papá nos llamó para presentarnos con el director del GTC, Pedro Álvarez, quien comprendió de inmediato nuestra necesidad de dulce y nos llevó al comedor, donde nos ofrecieron frangollo: una delicia para chuparse los dedos. Pero, claro, sólo si antes le entrábamos al potaje de arvejas y al rancho canario con sus respectivas salsas roja y verde a base de cilantro.

Todos comimos, menos Maca, que sólo picoteó. Al terminar nos encontramos con las personas que habían llegado en los helicópteros: Paulino Rivera, Presidente del Gobierno canario, que nos saludó a cada uno de mano y nos invitó a disfrutar del candor de su país. También venían la representante de la Unión Europea, Ana Paula Laissy; ella se encargaba de ayudar a las zonas periféricas de dicha unión, como las Islas Canarias. Dado que Paco no podía venir, asistió el subdirector, Carlos Martínez Roger.

Al acercarnos vi la enorme cabeza plateada que cubría al GTC bañada por la luz naranja del sol. El mar de nubes grises nos daba una sensación de estar en otro mundo. Apenas habíamos remontado unos cuantos metros y ya estábamos resollando. De algo me había ayudado andar en patineta, aunque la falta de oxígeno era igual para todos. Entramos al edificio blanco, de una planta, con techo de dos aguas, que estaba unido al telescopio y daba acceso a las instalaciones.

Pedro Álvarez nos guio por las escaleras que conducían a la mole de veintisiete metros de altura y unos veintiocho de ancho. Cuando nos acercamos al artefacto, nos hizo ver que en su trabajo no se podían permitir errores ni siquiera de millonésimas de milímetro. Nos aseguró que las exigencias de imaginación y consistencia rescataron de la tristeza a varios ingenieros, quienes renunciaron a sus antiguos empleos en pos de un sueldo seguro y una vejez apacible. Cuando comprendieron el reto tecnológico del telescopio, le confesaron que habían regresado a la vida.

Algo que me impresionó fue la versatilidad de movimiento y ligereza con que se desplazaba, a pesar de su tamaño. Pedro nos explicó que, mediante el movimiento combinado en acimut, es decir, el que va paralelo al horizonte, y el de elevación, el que lo levanta, se puede enfocar y localizar mejor los objetos celestes. Según la opinión de Maca, hacía lo mismo que los cañones de los barcos de guerra: primero giraban sobre su base y luego localizaban el avión (en este caso, una estrella) en las alturas.

—El telescopio funciona de la misma manera, pero apunta un poco más lejos —le señaló el director; Maca no volvió a opinar ni a decir palabra.

Todos entendimos la ironía del hombre de lentes redondos y barba poblada, que siguió diciendo:

—Otra cualidad del GTC es que puede adecuarse con rapidez a la rotación de la Tierra, dado que nuestro planeta gira sobre su propio eje, desde nuestro punto de vista humano, cuyos pies están pegados a la Tierra, o más o menos... —nos reímos—. Como digo, para nosotros, las estrellas giran y pasan por el campo visual de los telescopios a gran velocidad. Al combinar los movimientos acimutal y de elevación, y gracias a los cálculos instantáneos y continuos de los ordenadores del telescopio, se puede compensar el giro planetario y los objetos permanecen quietos en el campo de visión.

Luego nos habló de lo que mi papá nos había advertido en el camino de ascenso: debían de tener el mayor cuidado a la hora de recolectar la luz. Pedro nos recordó que la luz de una galaxia puede tardar miles de millones de años en llegar a la Tierra y existía el peligro de que, en los últimos minutos, el viaje fracasara, sobre todo por las perturbaciones de la atmósfera terrestre. Entonces, los astrofísicos e ingenieros se las arreglaron para corregir estos defectos y aumentar muchísimo la nitidez de sus espejos. Con ello lograron minimizar la pérdida de mensajeros que venían de lugares muy lejanos.

(Guau, era para no creerse, estábamos rodeados de puras estrellas. Creo que hasta me sentí como una de ellas al ser tan privilegiado.)

XIII

Eran las 9:36 pm cuando me asomé por la ventana de mi habitación y miré el paisaje agreste: los pocos cedros que aún quedaban se refugiaban en las paredes escarpadas e inaccesibles.

Frente a mí se levantaban los telescopios como si fueran troncos de árboles milenarios, tragaluces de apetito voraz cuyo ramaje se balanceaba atrapando millones de pequeñísimas ondas de radio.

¡Qué diferente de las alturas del edificio en el que yo vivía!

Esa noche soñé que los mensajeros traían dulces noticias del otro lado del Atlántico: Juan había regresado su cepillo de dientes a la casa de mi mamá. El sueño siguió con el rostro dulce de mi madre advirtiéndome: "En su carta astral (no supe a quién se refería) se ve la notable conjunción del Sol y Plutón en la casa XI, es decir, la casa de los amigos y su influencia en la sociedad".

Ese día Macario se sintió cansado, achicopalado, y no salió de la cama hasta la mañana siguiente. Lo dejé, pero estuve al pendiente de él. Se suponía que el viaje era para alegrarlo y al final no se estaba cumpliendo el objetivo. Me sentí un poco preocupado.

Pero con todo, yo tenía mucha hambre, así que fui a la cocina con la intención de prepararme un sándwich y servirme un vaso de leche. Ahí me encontré a mi papá. Estaba esperando a que la cafetera tuviera listo su brebaje. Sin pensar, le pedí que me sirviera un poco en una taza. Y sin decirme lo que siempre me decía, me sirvió: fue la primera vez que tomaba café en la noche. Fue en realidad mi primer café con mi padre.

Al terminar, en esos silencios cómplices, tuve un ataque de euforia y le pedí que saliéramos a mirar las estrellas. La claridad de la noche y la nula contaminación de luz pública hacían que el firmamento se llenara de tantos puntos titilantes como jamás había visto. Nos tendimos en la cajuela del automóvil y entonces le dije que extrañaba a mi mamá. "Yo también", me confesó. Más silencio.

—Sin embargo, nada es inmutable en el Universo, Agus —empezó a decir Juan—, aunque no es fácil ver los cambios directamente como sucede en la Nebulosa de la Mariposa.

Sus palabras eran serenas y tuve la impresión de que el rumbo de su plática no me iba a gustar.

—Cuando dos estrellas viven en pareja, orbitando una alrededor de la otra, la distancia entre ellas es tan pequeña que la fuerza gravitatoria de una le permite atrapar parte del material gaseoso expulsado por la otra. Esto genera un exceso de energía en el sistema que se libera proyectando parte del gas a gran velocidad, "como si se tratara de una válvula de escape", acotó Juan.

Por un momento no comprendí, me hablaba de estrellas. Mi mente se aclaró cuando continuó:

—Eso mismo nos pasa a tu madre y a mí —volteó a verme—. ¿Comprendes?

Me quedé callado viendo la inmensidad de la noche, tratando de comprender sus palabras: "estrellas", "pareja", "gas", "exceso", "válvula de escape". Una sensación de tristeza invadió mi mirada. Así que sólo acerté a responder sin despegar los ojos del firmamento.

—Lo comprendo.

—La vida en común de estas estrellas es muy inestable, sus choques pueden desencadenar supernovas, pero su fusión siempre da como fruto otra estrella tan brillante como el mismo Sol —dijo, y me volteó a ver. Yo ya no veía el firmamento, lo veía a él comprendiendo cada una de sus palabras de científico.

—Eso espero —respondí con una breve sonrisa. Así nos quedamos en silencio, contemplando lo que no se puede ver pero sabiendo que está en movimiento.

Luego fuimos juntos hasta mi habitación. Ahí esperó a que me lavara la boca y me cambiara la ropa de montaña por la piyama, como cuando era niño. Enseguida fue conmigo hasta la cama. No sé en qué momento salió.

Al otro día no había un tristón en el grupo, éramos dos, y fue Maca quien salió a buscarme. Sus disculpas por su comportamiento y, principalmente por sus celos, me parecieron sinceras. (Ahora resulta que todos envidiamos algo del vecino.) Me pidió que lo acompañara a la despensa, en busca de una barra de granola, algún caramelo o al menos una rebanada de pan con queso. Por eso era mi acompañero. El ñero estelar. Mi cuate de chocolate. Mi fraterno materno, el hermano que nunca tuve. A Maca, como a mí, le gustaba jugar con las letras y las palabras. Era buen mentiroso, como yo, por lo que también le encantaba tergiversar historias. Pero no recuerdo que alguna vez lo haya hecho de mala manera, de forma sucia y ventajosa. Sus verdaderos motivos respondían a otros resortes: lo que deseaba en realidad era crear seres, entes diversos que se comunicaran en forma civilizada sin tener que acosar a otros para aliviar sus frustraciones. Maca era incapaz de presentarse ante un auditorio, como cualquier humano normal suele hacer: estaba visto que no era ni normal y mucho menos humano. En este viaje había descubierto una sana diversión, que consistía en jugar con los números binarios e inventar chistes para hacer reír a María. Además, profesaba genuina pasión por las cosas rápidas, desde las tortas y las hamburguesas hasta los cubos de Rubik y sudokus. ¡Ése era mi cuate!

Mientras caminábamos abrazados recordé al par de estrellas que me habían engendrado y, casualmente, me enteré de que un grupo del Instituto Astrofísico de Canarias estaba investigando sobre dos estrellas enanas blancas que giraban a seiscientos kilómetros ¡por segundo!, es decir, un par de soles que ya estaban languideciendo y cuya influencia los hacía girar uno con respecto del otro, hasta que, quizá en un futuro, su órbita podría llegar a contraerse y terminarían por explotar como una supernova. (¡Vaya combinación era yo!)

Entonces comprendí que las explosiones son normales, siempre van a existir, por más que les demos la vuelta o hagamos todo para evitarlas. También aprendí que un buen abrazo y la amistad pueden ser la mejor forma de sobrellevarlo.

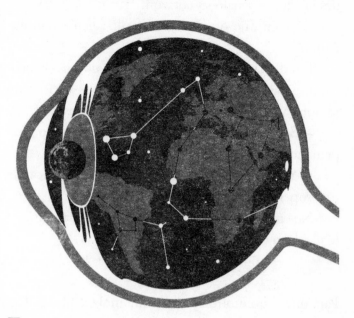

XIV

Los preparativos para "La mega Noche de las estrellas" terminaron por incluir a la banda. ¡Lo peor es que nos avisaron cuando ya todo estaba planeado! Maca se quedó mudo. A mí me volvieron esas ganas de hacer pipí que a lo largo del viaje se habían esfumado. Las chicas brincaban de contentas, mientras Drogba festejaba al estilo tiro de esquina y gol (en el suelo, de rodillas, diciendo: "Yes, yes"). Nuestras súplicas no fueron escuchadas por Juan Diego (sí, otra vez su nombre completo, a secas). Su respuesta sólo fue:

—Confíen en ustedes mismos. Yo sé que pueden hacerlo, de lo contrario ni los hubiera traído. Crezcan desde aquí —señaló su corazón.

"¿Quién dijo que crecer es fácil?", pensé refunfuñando.

Los demás chicos nos dijeron que no nos preocupáramos, que era una oportunidad única, una en un millón. Maca y yo nos miramos y sonreímos.

—Seré el nuevo doctor Zíper —dije jugando, despeinando mi pelo.

—Y yo el nuevo integrante de Gorillaz explicando una supernova con mi guitarra eléctrica.

Nos reímos como tontos, pues en realidad esto no le pasaba a cualquiera.

Para que el evento fuera realmente inolvidable, el doctor Paco había convocado a pilotos astronautas, investigadores astrofísicos y otros pensadores curiosos que quisieran venir a reflexionar durante casi dos horas sobre el futuro de la humanidad y a ver las estrellas. La sede estaría en las instalaciones del Gran Telescopio de Canarias.

El evento ya estaba boletinado en los medios como *El astrónomo errante* y *El lobo plateado*, quienes informaron los pormenores a todos sus seguidores por la red, mientras que varios museos seguirían la transmisión en vivo. Uno de ellos fue Universum, en

México. Ahí se encargó de conducir el evento Rolando de Ísita, colaborador de Pepe Franco y empedernido roquero. Otro fue el Museo del Cosmo Caixa —cuyo director de Museografía, Jorge Wagensberg, era amigo en común de mi padre y Juan Villoro—, el cual abrió sus puertas al público de Barcelona y Madrid, de manera que los papás de Inés, al igual que los de Drogba, Montse y Poli verían orgullosos los pinitos de sus hijos. Si Maca y yo nos hubiéramos enterado de que tuvo una gran difusión y que no sólo se pudo ver en los museos, sino en algunas plazas públicas, y que salimos en los periódicos, lo más seguro es que al momento de salir a cuadro habrían tenido que anunciar por el micrófono: "Lo sentimos señores, pero ha sucedido un accidente, ¡nos hemos inundado gracias a Maca y Agustín!".

El día del evento me sacaron de la cama al alba. El equipo del museo estaba tan contento que nos dieron a todos un guion con la lista de preguntas y el programa en sí. Hicimos varios ensayos para que todo saliera más "natural". Intenté escabullirme, pero Juan Diego me lanzó una mirada criogénica y no tuve más remedio que quedarme quieto y aprenderme el menú. De hecho, prometía ser divertido. Pero cuando uno es testarudo, hasta los mangos saben a limón.

Tuvimos la oportunidad de conversar y hacer migas con Kathryn Gray, la niña canadiense que descubrió una supernova y quien haría la declaratoria inaugural. Una chica de sonrisa contagiosa. Poli me dio varios codazos por ello.

Los nervios nos traicionaron a todos. Y empezamos a reírnos como tontos y a decir salvajadas: Inés y Poli se presentaron como seguidoras del pensador griego Pitágoras de Samos, quien vivió en el siglo v antes de nuestra era, para después hacer un diálogo muy gracioso entre el cordobés Averroes y Porfirio, un filósofo griego nacido alrededor del año 234 de nuestra era, sobre las ideas del viejo Pitágoras. Drogba le hacía al entrevistador, con la finalidad de practicar un poco.

Maca y yo le entramos al relajo, imaginamos que él era Barth y yo, Lisa, pilotando una nave espacial en medio de una lluvia de asteroides, entre los pasajeros estaba Benito Jerónimo Feijoo, el monje gallego del siglo XVIII que defendió las ideas de Copérnico ante quienes aún creían que la Tierra era el centro del Universo.

Pepe Franco se nos quedó viendo y un "Estense quietos, escuincles" fue suficiente para que la nave se estrellara en la realidad de un auditorio lleno y a punto de dar cita a varias estrellas. Brian May ya estaba en su lugar en primera fila.

La sesión inaugural estuvo a cargo, como dije, de Kathryn Gray. Ella, a su vez, presentó a Inés y a Drogba, quienes entrevistaron al doctor Artemio Herrero, el estudioso de estrellas con una masa muy grande y caliente, de enorme luminosidad, que terminan explotando como supernovas. Artemio explicó que esas estrellas les permiten conocer cómo son otras galaxias, al menos las que él y sus colaboradores estudian: Andrómeda y M33, es decir, las vecinas de nuestra Vía Láctea.

Luego invitaron al público a preguntar lo que quisiera.

—¿Cuántas lunas hay en el sistema solar?

—Más de 130 —respondió Artemio.

—¿Y cometas?

—Entre cometas y asteroides, unos diez mil —se escuchó un murmullo de sorpresa.

Después Casiana Muñoz fue entrevistada por Montse y Poli. Ella habló de su pasión por mirar a simple vista las estrellas desde que era pequeña, cosa que no había dejado de hacer hasta ese momento, lo cual era algo que la mantenía viva cuando los desafíos de su investigación parecían insalvables.

—¿Hay que tener la paciencia de Job? —sentenció Poli (tenía que ser Poli).

—Algo así —contestó Casiana—, y la corazonada de que hay algo importante que entender en todo eso.

Poco después, Pere Pallé, especialista en sismología solar, nos explicó que dentro del Sol que nos alumbra día a día se producen violentos movimientos, equivalentes a los temblores en el interior de nuestro planeta.

—Los astrofísicos nos dividimos en dos —aclaró—, los que miramos el cielo de día y los que lo observan de noche. Yo soy de los primeros.

Maca sacó valor de no sé dónde cuando le tocó platicar con Ramón García López sobre los telescopios nocturnos, sobre las máquinas tragaluces que nos dejan ver estrellas que han brillado casi desde que empezó el Universo y otras que están naciendo en este instante, estrellas ricas en metales como el hierro y otras llenas de gases como el helio. Maca demostró que su genialidad también le permitía tener una charla de ciencia y tecnología y seguir siendo humano.

Por su parte, Montse habló con Jordi Cepa de un detector del Gran Telescopio de Canarias llamado Osiris: un ojo capaz de observar la formación de estrellas como las que estudia Artemio.

Después fue el turno de Inés al charlar con Rafael Guzmán, el director del grupo de astrofísicos de la Universidad de Florida, la cual es socia de España y de la Universidad Nacional Autónoma de México en el GTC. El doctor Guzmán habló de que la imposibilidad de mirar hacia lo profundo de las galaxias, hacia el Universo más joven, y descubrir planetas medianos como la Tierra, habría de ser salvada con los instrumentos que ellos diseñaron y estaban por ser montados en el mismo GTC.

—Lo interesante —continuó Rafael— es que no basta con tener los aparatos más avanzados. Hay que diseñar la estrategia adecuada para internarse en el cosmos profundo.

Nada más cierto.

Luego fue mi turno. Visiblemente nervioso, platiqué con Juan Antonio Belmonte de por qué y de qué manera el ser humano se ha relacionado con los registros astrológicos y astronómicos desde la antigüedad (cómo me seguían esos temas). Juan Antonio nos relató sus aventuras de explorador en las esplendorosas ruinas del antiguo Egipto y en sitios enigmáticos como Petra, así como sus incursiones junto con sus colegas mexicanos en las ruinas mayas.

—Piensen, chicos, que hasta la invención del GPS, la humanidad guio sus pasos en el mar y en la tierra observando los astros.

Drogba fue el anfitrión de Michel Mayor, uno de los descubridores del primer planeta conocido que gira alrededor de otro sol diferente al nuestro.

—Es como del tamaño de Júpiter —dijo el doctor Mayor—, y dado que orbita alrededor de Pegasi 51, en la constelación de Pegaso, fue llamado Peg 51b.

Drogba preguntó:

—¿Cree que descubrir algo importante es un regalo?

—Claro, es un regalo por la persistencia, por la audacia, por la perspicacia. Y también es un regalo para los demás dado que existe la posibilidad de que se abra un campo nuevo de estudio y de que algunos jóvenes se entusiasmen por seguirlo.

Vaya, sus palabras resonarían más tarde en mi cabeza.

Mi papá se emocionó cuando fue el turno de Paco Sánchez y Luis Martínez Sáez. Le pregunté por qué. Me dijo que, sobre todo, porque habían luchado juntos durante muchos años para convencer a los investigadores y, principalmente, a los gobiernos de acondicionar picos para pinchar el cosmos. Y no sólo eso, sino que se habían preocupado porque la sociedad comprendiera lo que se estaba descubriendo y lo que eso implicaba para la vida en la Tierra, sin olvidar el poco o mucho goce estético, pues si algo era bello y subyugante, podía ser reconocido por el más alienígena e insensible de los terrestres.

El cierre sonaba "cañón". Y lo fue. Inés y Maca condujeron esa mesa de diálogo, que se televisó y se transmitió por la hebra cibernética, de manera que nuestros amigos de la escuela se enteraron.

La banda lamentó la ausencia de El Barrio y Gorillaz. También nos entristeció que ahí concluía un viaje emocionante y lleno de sorpresas. Pero Maca no sé quedó con las manos cruzadas y quiso cerrar el evento con broche de oro. Sacó una guitarra eléctrica de quién sabe dónde y, apartándose del guion acordado, despertó una angustia creciente en los organizadores, Pepe Franco, Paco y Juan, e invitó a la gente a cantar *Rapsodia Bohemia*:

> *Is this the real life?*
> *Is this just fantasy?*

Caught in a landslide,
No escape from reality.

¡Ése era mi primo! El staff corría a poner imágenes de galaxias y estrellas para salir a flote antes de que se hundiera el barco. Pero no fue necesario cerrar la transmisión. Todo resultó mejor de lo planeado cuando el auditorio entero comenzó a corear, incluyendo a Brian May y Pepe Franco, quienes se habían subido al estrado y acompañaban a Maca:

Goodbye, everybody, I've got to go,
Gotta leave you all behind and face the truth...
Scaramouche, scaramouche, will you do the fandango?
Thunderbolt and lightning, very, very frightening me
(Galileo) Galileo (Galileo) Galileo, Galileo Fígaro.

¿Quién dijo que los genios no cantan?

XV

Dicen que las despedidas son tristes. Ésta no, los miembros de la banda de los amigos de las estrellas y sus alrededores pudimos seguir conversando a través de internet cuando y cuanto quisiéramos. Además, era imposible no hacerlo después de que nos enteráramos de que salimos en las noticias.

Maca aumentó sus bonos de popularidad en la escuela.

Yo conseguí que la pipí ya no se apareciera en los mejores momentos.

Si bien no me quedó muy claro cómo se las iban a ingeniar mi papá y sus colegas para comprobar la existencia de la materia y la energía oscuras, siguieron trabajando con más fuerza en ello. Mi padre subió cada vez más alto en su estatus de astrofísico, lo cual le dejó menos tiempo para mí. Pero para entonces yo ya había comprendido el tipo de trabajo que realizaba y me di cuenta de que él me mostró lo que necesitaba saber en su momento, cuando todavía no llegaba a esa rendija que conduce a un mundo desconocido: la pubertad. Yo no me había dado cuenta, me había encaprichado en no crecer, en tener una familia perfecta. Conforme fui creciendo, me fui percatando de que la vida galante y la bohemia no se llevan con la imaginación y el estudio, que no basta con saber muchas cosas, que por lo único que vale la pena arriesgarse es por lo hermoso, y que sólo lo difícil es bello. Mi papá estaba lejos de ser un saltarín irresponsable: su pasión por escudriñar otros mundos lo volvieron un tanto obsesivo y neuras, pero disfrutaba lo que hacía. Realmente vivía y respiraba su trabajo, y le era realmente difícil ser un padre "normal". Pero ¿en realidad existen los padres "normales"? Definitivamente no, aunque uno se empeña en esa idea.

Junto con mi madre descubrí que el respeto a las decisiones del otro, el reconocimiento y la tolerancia eran valores inigualables si aspirabas a tener una familia. Que a veces se podía querer, amar mucho a alguien pero que la realización espiritual y profesional es personal. Difícil de comprender cuando te repiten que sólo se actúa por dignidad. ¡Vaya si me ha costado entender lo que esto significa!

Sin embargo, fueron esos sucesos y ese viaje los que me abrieron una puerta a la comprensión y, sobre todo, a la búsqueda de mis sueños, a lo que significaba rascarle al infinito Universo algo de lo que yo quería. Al final descubrir esto fue un regalo en mi vida.

Ahora soy bioquímico (ni astrólogo ni astrónomo); y tengo que reconocer que no soy un genio como Macario, pero me cuentan entre los mejores. Ambos pertenecemos a una generación que no tenía tiempo de aprender dos veces las cosas. A lo que sigue, Migue. En ocasiones, cuando las cosas no marchan por el camino que deseo, vuelvo a ese hogar mental. Lo recuperé después de llegar a la conclusión de que todos tenemos uno pero no está lleno de fantasías, sino que es el espacio para reflexionar y en el que nuestras dudas pueden resolverse. Ya no es el jardín de las dudas que me anunció Micro, ahora es el jardín de las reflexiones.

¿Qué fue de él? No lo sé. En estos años no volvió a aparecer en mis sueños, y tampoco en mi realidad. He visto varias veces el avioncito que me regaló y he ido a la estación del Metro donde lo encontré. Nada. Han sido el tiempo y la reflexión los que me han enseñado que no todo es lo que parece, que se puede dialogar con nuestros fantasmas y son ellos los que nos enseñan el camino hacia las personas que realmente nos quieren. Al final, somos nosotros los que nos empeñamos en alejarnos. Tal vez Micro fue un cuate imaginario ante mi desesperación por comunicarme y ser parte de la vida de mi padre. Sin embargo, cuando miro las estrellas, me pregunto cómo es que me podía decir cosas que nunca había escuchado o que sucederían. Ahí entraría la idea de mi madre de que los sueños premonitorios existen, pero lo que viví no fueron sólo sueños, siento que fue real.

Si los deseos existen, creo que estuve dentro de uno.

Ayer escuché la noticia de que el observatorio chileno de Atacama, el Large Millimeter/submillimeter Array (ALMA), captó una superfábrica de polvo en los restos de la supernova 1987A. Está ubicada en la Gran Nube de Magallanes, una galaxia enana que orbita la vía Láctea, aquí a la vuelta de la esquina, a unos 168,000 años luz de la Tierra, cuya observación desde 1987 —de ahí su nombre— indica que una supernova puede generar y destruir los granos de polvo que la componen. Esto es maravilloso si consideramos que las galaxias jóvenes cuentan con mayor cantidad de polvo, el cual, a su vez, algún día generará planetas y más estrellas.

Semejante noticia me hizo recordar aquella explicación que mi padre me dio mientras mirábamos el cielo: a veces las estrellas nacen para estar juntas, unirse y crear algo bueno, algo renovado. Llegué a la conclusión de que una supernova no es una gran tragedia en la vida de un chico, sino la oportunidad de crecer, de ver las cosas de forma diferente. Que la amistad permanece y que al amor lo encuentras en el lugar menos pensado. Tal vez lo más importante es aprender a aquilatar tus deseos y a aprender a seguirlos. Pero nunca para que actúes bajo el capricho de otros.

Mis padres crearon un sol, quizá no tan fulgurante como ellos, pero que espera brillar en la noche de las estrellas.

Carlos Chimal

Es un novelista interesado en la comprensión pública de la ciencia. Como escritor científico fue becario del Consejo Británico en la Universidad de Cambridge y es asiduo del Centro Europeo de Investigaciones Nucleares (CERN), así como del Instituto de Astrofísica de Canarias (IAC); como novelista ha sido becario del Hawthornden Castle for Writers y del Sistema Nacional de Creadores de Arte (FONCA). Entre sus libros se cuentan: *Las entrañas de la materia*, *El viajero científico*, *Cazadores en el horizonte*, *Nubes en el cielo mexicano* y *Las neuronas de Shakespeare*.

Este libro se terminó de imprimir en el mes de febrero de 2015,
en Corporativo Prográfico S.A. de C.V. Calle Dos No. 257, Bodega 4,
Col. Granjas San Antonio, C.P. 09070, Del. Iztapalapa, México D.F.